大活字本シリーズ

ここは私たちのいない場

白石一文

埼玉福祉会

ここは私たちのいない場所

装幀　巖谷純介

@

私の妹は三歳のときに亡くなった。二つ違いの妹で、名前は在実といった。在実と書いて「あるみ」と読んだ。私の名前は存実という。これで「ありのり」と読む。子供の頃から正しく読まれたことは一度もなかった。大方の人はとりあえずの音をあてがうのさえ困難なようだった。いいところまでいって「ありみ」だろうか。何か言わなくては、と義務感に駆られた人たちはかろうじて「ありみさん、でよろしいですか？」と訊いた。「ありのりと読みます」と返すと、「へぇ、のりですか」と一様に感心した声を出した。

妹がもしも生きていれば似たような経験をすることになっただろう。「ざいみ、ちゃん？」とか「ありみ、ちゃん？」とか……。そのたびに妹は「あるみです」と答える。言われた人の半分くらいはきっとアルミサッシのアルミを思い浮かべる。そんな相手の表情を汲んだ妹は何と言葉を足しただろう？

「アルミ鍋のアルミです」

「アルミホイールのアルミです」

いや、「アルミニウムのアルミです」ときっちり返したのではなかろうか。

小学生の頃からの私の綽名は「ゾンビ」だった。「存実」が「存美」に似ていたからだ。実際、しばしば「存美」と読み間違えられたし、級友たちからすればそっちの方が面白かったに違いない。

なるほど私の容姿はゾンビに似ていなくもなかった。いつもクラスで一番ののっぽで、そのくせ痩せ細っていて、中学の終わりまで続いた喘息のせいで年がら年中、青ざめた顔で咳ばかりしていた。五十メートルを全力疾走すれば三十分近く呼吸を乱したままだったから運動はからきしだった。見かけだけでなく、私は中身もしっかり「ゾンビ」だった気がする。高校に入っても自分が二十歳まで生きられるという確信がずっと持てないままだった。

存実と在実。兄妹の名前がどうしてそのような奇妙なものになったのか？

理由はすこぶる単純だった。

父の徳太郎が哲学者だったのだ。彼はキェルケゴールやヤスパースを崇拝し、ハイデガーを極端に嫌い、サルトルには関心も示さないといった哲学者だった。先年、父が亡くなったときに弟子たちが編んだ追悼文集を開くと、一番弟子で今は同じ母校の学長を務めているH先生が序文でそのような若き日の父の姿を面白おかしく紹介してくれていた。ちなみに父は学部長どまりだったがH先生は学長まで上り詰めた。H先生が学長選挙に勝利したときの父の喜びようといったらなかった。数十年来衰微の道をたどってきた哲学科から学長が出たことは、すでに名誉教授だった父にとっても何より晴れがましい痛快事だったのだ。そして、そのような哲学科復活の原動力となったのが、自らの学問的業績にあることを父は確信していた。確かに、彼はこの国で最も名の通った哲学者の一人でもあったのだ。

実存と実在。実存は生き残り、実在は死んだ。

在実が亡くなった折、若き哲学徒たる父は、その取り返しのつかない現実を前にして一体いかような哲学的考察を巡らせたのであろうか？

珍奇な名前を与えられ、私は父をうらんだ。しかし、父のことは好きだった。その生涯の研鑽（けんさん）に敬意を払えるほどの学識はなかったが、それでも、父が一般向けに書いた実存主義の入門書などをひもとけば、彼がどれほど真摯（しんし）に研究に取り組んでいたのかは肌で感じられた。そもそもが軽妙洒脱なその筆力に私は魅せられた。

そんな父を母は、

「あの人はネクロフィリアよ。死んだものにしか興味が持てないのよ」

といつも評していた。

母は画家で、七十をとっくに過ぎた現在も旺盛に作品を発表し続けている。昨年の十一月に文化功労者に選ばれた。女流画家としては実に十二年ぶりの快挙であった。

妹は肺炎であっけなく死んだ。どうやら私たち兄妹の呼吸器系統は生まれついて脆弱だったようだ。

年末、私たちは父の実家に帰省していた。そこで在実は風邪をこじらせたのだ。東京を離れる二日前から熱を出していた。出発を延期するように母は頼んだが父は取り合わなかった。実家でも「女の子は強いからね。寝てれば大丈夫」と姑に言われ、長男の嫁である母は娘を二階の部屋に残したまま、正月支度に追い回された。私はといえば年の瀬のそわそわとした雰囲気に浮かれつつも時々妹の様子を覗きに行った。「大丈夫？」と声を掛けるとそのたびに幼い妹は目をつぶったまま小さく頷いてみせた。だが、そのあいだに容態は静かに悪化し、母が気づいたときは四十度を超える高熱を発していた。慌てて病院に運んだが、すでに肺炎は昂進し、三日後に彼女は息を引き取った。

　病院に泊まり込んでいた父と母が戻ってきたとき、在実はすでにこの世にいなかった。

私が彼女と対面したのは、葬儀場の冷蔵庫の中でだった。正月とあって焼き場は休みで、仕事始めまでのあいだ彼女はずっとそこで眠っていた。

棺（ひつぎ）の中の在実に触ると頬も額も、手も足も凍ったように冷たかった。

彼女を焼いた晩、私は初めての喘息発作を起こした。

五歳というのは、親しい人の死を悼（いた）むには充分過ぎるほどの年齢だ。突然、たった一人の妹を奪われ、私は、我が身の不運と力不足と両親への不信と祖母への怒りと、そして何よりも人間の死の理不尽さを痛切に感得した。

そう、あのとき、私は一足飛びにおとなになったのだと思う。

周囲のおとなたちが感じているだろうありとあらゆる感情を私も感

じ、しかも、そのことを誰にも気取られなかった。誰も私のそうした心理に興味を示さず、注意を払わなかった。私は黙々と幾種類もの感情を味わい、それらの一つ一つをおとなたちの反応と引き比べて、各々の人品骨柄を判定していた。

父と母が、この妹の死によって、もう二度と元に戻れなくなるだろうことも、私は理解していた。

母は父のことも祖母のことも決して許さないだろう。父は、自分の判断の誤りを悔やみながらも、その一事を恐らくは終生根に持つに違いない母のことをやはり許すことができないだろう。そうした、やがてくっきりとした現実となる未来を、五歳の私は、抜かりなく頭の中で予測することができた。

人と人とのあいだに生まれる愛情という貴重な財宝は、ひとたび小さなひび割れが生ずると、価値を失ったり減じたりするのではなく、そこから次第に腐敗が進行し、最後には猛毒に変じて、私たちを蝕み、苛み、破滅させる。

わずか三歳でこの世を去った妹は、その冷厳なる真実を私にしっかりと教え込んでくれたのだと思う。

そして、案の定、父と母の結婚生活は大きく様変わりした。数年後、父は母校の国立大学に教授として招かれ、実家のある遠い町へと去って行った。母はむろんついていくことはなかった。私もまた母と共に東京に残らざるを得なかった。

父と会うのは、年に数回だった。私たちが父の郷里に出向くことはなかったので、もっぱら父が上京してきた折に我が家に立ち寄るのだ。数日滞在して、父は帰って行った。父のことをずっと好きでいられたのは、そうやって一緒に暮らす経験をほとんど持たなかったゆえだろう。

年中顔を突（つ）き合（あ）わせていれば、どんなに特別な相手であっても、好きなだけでいられるはずがない。誰かと過ごしたときの心豊かな記憶は虹（にじ）のように儚（はかな）く、その人物との諍（いさか）いの記憶は刺青のように決して消えることがない。

人は愛する以上に憎むことに長（た）けた動物だ。世界から殺戮（さつりく）や戦争が絶えないのは、それが人間の本性に深く根ざしたものだからだ。

父は退官後も東京に帰ってくることはなかった。郷里の小さな私大で学長を務め、在職中に脳梗塞（のうこうそく）で死んだ。自室のベッドで事切れている父を見つけたのは、毎日通ってくれていたお手伝いさんだった。私と母はびっくりして父のもとへと駆けつけた。通夜（つや）、葬儀を済ませ、様々な手続きや父の遺（のこ）したものの始末をつけ、私たちはちょうど一週間で東京に戻って来たのだった。

@

シギハラです、と言われても誰だか分からなかった。

直通に掛かってきているのだから、知らない相手のはずはない。

「シギハラタマミです。以前、芹澤（せりざわ）さんの下で働かせていただいていた」

わずかな間を埋めるように彼女は言葉を差し込んでくる。それでようやく思い当った。気づいてみれば、すぐにピンとこなかったのが不思議なくらいだ。シデハラと聞き違えたような感じもあった。「幣原喜重郎」のシデハラ。ここ数日読んでいる城山三郎(しろやまさぶろう)の『落日燃(らくじつも)ゆ』にちょくちょく出てくるので、ごっちゃになったのかもしれない。シギハラタマミ。憶(おぼ)えている。鴫原珠美と書く。

あの「鴫立つ沢の　秋の夕暮」の鴫である。

そういうようなことを瞬時に想起して、

「ああ、お久しぶり」

と私は返事していた。

鴫原珠美が一体何の用だ、とすでに警戒心が芽生えている。

「このたびは小堺がとんでもない御迷惑をおかけしてしまいまして、誠に申し訳ございません」

膝まで折った姿を彷彿させるような丁重な物言いで珠美が詫びてきた。

彼女が部下だったのはほんの短期間だ。半年足らずですぐに小堺と結婚して会社を辞めた。あれはどの部署にいるときだったか。

彼女で記憶しているものといえば、「小堺と結婚した」というのが一番。あとは、かなりの美形で、若い男性社員に人気があったという程度か。

小堺との結婚は一体何年前だろう。地味な小堺が雑誌のモデルになってもおかしくないような美女を射止めたとあって社内でちょっとした話題になった気がする。七、八年前か。まだ私が役員にもなっていなかった頃だ。結婚式はしなかったはずだ。式があれば真っ先に呼ばれただろうし、もっと鮮明な記憶が残っているに違いない。

今となっては、もう顔もはっきりとは浮かばない相手だった。

「今回の件では小堺の方から一通り説明があったと思うんですが、そのことで実は内々に芹澤さんにお伝えしておいた方がよいことがありまして……」

夫が業務上の不始末をしでかしたからといって、わざわざ担当常務のところへ詫びの電話を入れてくるなど聞いたためしがない、と思っていると珠美がそう付け加えた。口調は一転して事務的なものに変わっていた。

「伝えておいた方がよいこと、ですか」
「はい。ぜひお耳に入れておいた方がいいと思いまして」

今回の小堺の失態についてはすでに大方の処理が完了していた。記者発表と同時に謝罪会見も開き、消費者庁との折衝も山場を越えている。あとは被害者にそれなりの補償金を支払い、役所に正式な調査報告書を提出し、同時にメディアや顧客にも情報を公開して、しばらくは続くだろう批判記事をやり過ごせば何とか凌ぎ切れると判断していた。

もちろん不安材料が皆無なわけではない。何より百五十名分の顧客情報をファクシミリで送りつけてきた発信人が誰かが分かっていなかった。何者かによる脅迫、恐喝目的の犯行の線も充分に考えられる。

当然警察にも相談済みだった。

「もしよろしければ、今日の夕方、お時間をいただけませんか？」

黙っているこちらに怯むふうもなく珠美は言ってきた。

「できれば会社の近くでない方がいいんですが」

淡々と言葉をつなぐ。

「別に構いませんよ」

私はあっさりと応じた。

データの入ったノートパソコンを鞄ごと紛失した、などという言い訳を最初から百パーセント信用していたわけではない。ただ、顧客情報が流出したといっても、中身は住所、氏名、電話番号、性別と年齢、それに簡単な職種程度のもので、保険証番号や運転免許証のＩＤ、クレジットカード番号などが漏洩する消費者金融や保険会社などの個人情報流出事件とは深刻度がだいぶ異なっていた。

小堺のパソコンに入っていたのは、一昨年行なったレトルトカレー購入者への二千円キャッシュバックキャンペーンの応募はがきに記載されていた千四百件余りの個人情報であった。

「だったら……」

私は芝にある最近できたホテルの名前を口にした。一階のコーヒーハウスに六時半でどうかと訊ねると、

「分かりました。御足労をおかけして申し訳ありませんが、どうぞよろしくお願いいたします」

と「小堺珠美」は言って、自分から電話を切ったのだった。

＠

小堺史郎が浮かない顔つきで私のところへやって来たのは、珠美と会って二日後のことだった。

「小堺次長が常務にお目にかかりたいと、こちらまでいらしているのですが……」

秘書室の女性から困惑気味の連絡が入ったときは、私もいささか面食らった。面会の約束も取り付けず、社員が役員フロアに押しかけるというのはそうそうあることではない。

「そうですか。じゃあ、僕の部屋に通してください」

篠沢玲香への事情聴取はすでに終わっていた。一昨日珠美から経緯を聞き、私はすぐに総務部長の木佐貫(きさぬき)に電話を入れ、ただちに埼玉営業所の篠沢玲香という派遣社員に事情聴取するよう指示した。昨日の午前中、木佐貫は営業所を訪ねて、彼女から詳しい話を訊き取ってきた。その内容は珠美が喋(しゃべ)っていた通りのものだった。

なぜ小堺が駆け込んで来たのか、理由は推測できた。玲香の告白を受けて今日予定されている事情聴取を前に、自分なりの申し開きをしたくなったのだろう。

顧客情報の紛失の責任により、小堺は埼玉営業所次長の任を解かれ、目下は総務部付の立場に置かれている。ここ数日、自宅謹慎を命じられて正式な処分が下りるのを待っていた。

私の腹はすでに固まっている。

小堺本人の言い分に耳は貸すつもりだが、このような事実が露見してしまった以上、彼の懲戒解雇は不可避と言わざるを得なかった。どんなに泣きつかれても手心を加える余地はもはやあるまい。

ドアを開けて入って来た小堺は、決然というよりは悄然の体だった。弁明のために乗り込んできたという勢いはまったくない。ひょろ長い体躯がことさらに縮こまって見える。

「常務、こんな朝早くに申し訳ありません」

扉を背に私に向かって深々と一礼する。立たせたままというのも憚られ、

「ソファにどうぞ」

目の前に置かれた応接セットへ座るよう促す。だが、小堺はそちら

へは近づかず、私のデスクへとやってきた。

「実は……」

目の前まで来て再び直立不動になり、それから背広のポケットに手を突っ込んだ。

「妻からこれを常務に渡してくれと言われまして……」

ひどく言いづらそうにして、手の中のものを私の方へ差し出してきた。

それは銀色のICレコーダーだった。スティック状の本体に「OLYMPUS」というロゴが刻み込まれている。

目の前にそのレコーダーを置き、小堺は、再生のボタンを押した。

「芹澤さん、お願いです。どうにかうちの主人を……」

珠美の声が聴こえてきた。

「もしも、お許しいただけるなら何としてでも……」

録音状態は上々だった。

「ほんとうにいいんですか」

これはもちろん私の声だ。

「こんな私でよければ喜んで……。芹澤常務、主人の件をどうか何(なに)卒(とぞ)よろしくお願いします」

「そういうことなら、僕も考えてみましょう」

会話は実に巧みに編集されていた。

私は珠美と自分との二日前のやりとりを耳にしながら小堺の顔を見る。目が合うと彼は視線を逸(そ)らせた。

靴音、エレベーターの開く音、ドアを開ける音、カーテンを閉じる音、シャワーを使う音などがコンパクトに編集され、やがて珠美と私の絡み合う音や珠美の喘ぎ声、私の荒い息遣いなどが聴こえ始めた。

二日前の情事の様子がありありと私の脳裏によみがえってくる。

私は腕を伸ばして、停止ボタンを押した。

不意に部屋の中が静かになった。

「それで……」

私は内心の動揺を抑えて口を開く。宙を泳いでいた小堺の視線が私へと戻ってきた。

「珠美が、今晩八時に、前回のホテルでお待ちしていると……」

小堺はそれだけ言うと、また深く頭を下げ、あとは何も言わずに踵を返して部屋を出て行ったのだった。

@

「小堺は無類のお人好しなのよ」

届いた生ビールに一口つけると、グラスを置きながら珠美が言う。

「あの女も女手一つで子供を育ててる苦労人で、つい同情から深い関係になったのよね。傷ついている人とか困ってる人とかを見ると放っておけなくなるのよ。まあ、私にしたって同情されて一緒になったようなものなんだけど」

私は無言で自分のビールグラスを傾ける。

「彼はきっと何かのときに使える男よ。誠実な人だから。いま切り捨てるのは芹澤さんにとっても絶対に損だと思う」

小堺のノートパソコンに入っていたデータを本社に送りつけてきたのは、篠沢玲香の別れた亭主だった。子供の顔見たさもあって、この男はたまに元妻の住むアパートを訪れていたようだ。別れた妻にも未練たっぷりだったのだろう。そんなあるとき、小堺が部屋から出てくるのを目撃し、逆上したらしい。元妻が不在のうちにアパートに忍び込み、小堺が置き忘れていったパソコンから顧客情報を抜き取って、嫌がらせ目的でデータの一部を本社にファクシミリしてきたのだった。あげく男は玲香にそのことを全部ぶちまけたのだという。

「別れた夫がそんなことをしたと知ってすぐに小堺さんに連絡したんです。そしたら、パソコンは紛失したことにして会社に届け出るから、きみは知らぬ存ぜぬで通してくれって頼まれました」

篠沢玲香はそう証言していた。

「パソコンを失くしたなんて見え透いた嘘をついたのも、彼女を守りたかったからなのよ。だけど、そんなものいずればれるに決まってるし、そしたら、彼女より小堺の方がピンチでしょう。彼女の前の夫だって、小堺に制裁を加えたくて会社にデータを送りつけてきたんだもの。それで小堺が窮地に追い込まれなかったら、さらに行動がエスカレートしていくのは目に見えてるわ」

珠美は淡々とした口調で言った。

篠沢玲香の証言を得て、総務部長の木佐貫は昨夜のうちに元夫と接触し、彼を警察に引き渡さないと約束した上でデータの買い取りに成功していた。つまるところ今日の午前中に行なわれた小堺への事情聴取はあくまで処分前の形式的なものに過ぎなかったのだ。

「それにしても、きみはどうやって二人の関係に気づいたの」

「新聞記事になった途端に怖くなったみたいで、小堺が自分から打ち明けてきたのよ」

「いつ？」

「芹澤さんに電話した日の朝」

「なるほど」

「懲戒解雇だけはやめてほしいの。降格も左遷も構わないし、できれば北海道に飛ばしてもらえないかしら」

「北海道？」

「最近、札幌に住んでいる私の母が弱ってきちゃってて、しょっちゅう羽田と新千歳（しんちとせ）を往復しているし、こっちの姑との折り合いも悪いのよ。彼が札幌支社に転勤してくれれば一石二鳥ってわけなの」

うーんと唸（うな）って、私は思わず腕組みしていた。一昨夜の情事をあそこまで克明に録音されていては、こちらとしては手も足も出ない。ここは彼女の言う通りにするしかない、というのがとりあえずの分別に違いなかった。

「しかし、あんなものを彼に聴かせて、きみは大丈夫なのか」

と訊く。

別に珠美の立場を案じているわけではないが、このやり口が腑（ふ）に落ちなかった。私を脅迫して目的を達するにしても、何もわざわざ小堺に仲介させる必要はない。

「だって、これでおあいこでしょう。それくらいあの人にだって分かってるわよ」

「みせしめってわけか……」

鼻白む思いで私は呟く。

「こうでもしなくちゃ、裏切ったあの人を許せないし、私はあの人をどうしても許してあげたいのよ」

「じゃあ、僕はきみにいいように使われたってわけだ」

「そうね。芹澤さん、かなり脇が甘いと思うな。もっと上に行くつもりがあるんだったらもう少し用心深くした方がいいんじゃない」

私は腕組みをほどいてグラスを摑むと、残っていたビールを一息で飲み干した。思い出してみれば、あれが罠（わな）だと想像もしなかった自分はたしかに脇が甘すぎる。小堺と篠沢玲香に一矢（いっし）報いたいと珠美が涙ながらに訴えてきたとき、すっかりその言葉を真に受けてしまった。彼女が私と寝るのも復讐（ふくしゅう）の一環だと早合点したのだ。

「そんなにげっそりした顔しないでよ。なんだったら今夜もお相手させてもらってもいいわよ。小堺も彼女のところへ行っているから。お金を持たせて、これで最後にしてきてねって頼んだの」

「そういうことか……」

私は小さく首を回した。幾種類かの思いが頭の中で交錯している。

「まあ、今日は遠慮しておくよ。これ以上深入りはしたくないんでね」

「男の人は義理堅いのね」

「そういうわけじゃないんだけど」

「小堺のことは気にしなくていいのよ。どうせ私たち長いあいだセックスレスだし、芹澤さんとのセックスはすごくよかったもの」

私は鴫原珠美の顔をぼんやりと眺めながら次第に考えをまとめていく。

彼女とのセックスは私にとっても久しぶりに味わうことのできた喜びだった。珠美は三十一歳。自分より二十歳近くも若い身体など、この十数年、触れたことさえなかった。女性の肉体を足の指から髪の毛の一本一本までくまなく舐めつくしたいという衝動に駆られたのは何年振りだったろうか？

珠美との情交は、二日が過ぎたいまも私の身体に心地よい痺れを残していた。不謹慎な話だが、小堺が置いていったＩＣレコーダーを何度も聴き直し、この半日、珠美のみだらな姿をたびたび反芻していたのだ。

私は新しいビールをオーダーすると、少し姿勢を正した。

「一つ訊いていいかな？」

珠美が小さく頷いた。

「なぜそんなに彼にこだわるんだ。僕からすれば、仕方のない男にしか思えないけどね。小堺のどこがそんなにいいの？」

「彼、すごい資産家の息子なのよ」

意外なセリフが飛び出す。

「彼と一緒にいれば、一生お金に不自由しないですむの」

「だったら、離婚してたんまり慰謝料をせしめればいいじゃないか。何しろ、彼はお人好しなくらい誠実で、傷ついた相手を放っておけないような男なんだろう。妻を裏切った罪滅ぼしのためなら慰謝料くらい惜しみなく支払うはずだよ」

「それがそうもいかないのよ。まだ向こうのお母さんがお元気だし、彼は次男坊なんだけど実家を継いだお兄さんもとてもしっかりした人なの。離婚となれば、その人たちが絶対に口出ししてくるに決まってるもの」

そこで珠美は一度言葉を区切る。ウエイトレスを呼んで、「ホットコーヒーを一つ。これはもう下げてちょうだい」と、中身が半分以上残っていたビールグラスを指さす。私はそうした彼女の挙措動作（きょそどうさ）をじっくりと眺めた。

「それに、私、子供が欲しくないの。結婚する前からその話はしていて、彼も納得してくれたの。そんな相手、そうやすやすとは見つからないでしょう」

「子供も作らない、セックスもないというんじゃ、結婚している理由はお金だけってことになる。まだきみも充分に若いんだし、自分の力で稼いで、一人でちゃんと生きていくべきじゃないのかな。金だけのための結婚なんてくだらないと思うけどね」

「芹澤さんは男だからそう思うのよ。女ひとりで今みたいに気ままな、お金にも不自由しない暮らしをずっと続けていくのってよほどの人じゃないと無理。それに、私、仕事が好きじゃないし、得意でもないもの」

コーヒーが届き、珠美は優雅な手つきでカップを持ち上げ、美味(おい)しそうにコーヒーを飲んだ。赤いネイルをほどこした長い指がなまめかしく映る。一昨夜はホテルのバーでかなり飲んでいたが、案外酒は苦手なのかもしれない。あれは私を酔わせるのが目的だったのだろう。

「小堺君の処分は来週月曜日に出すことになっている。今日は水曜日だし、きみたちの提案についてはじっくり考えてみるよ。僕は懲戒解雇相当だと考えているが、まだ本決まりでもない。ただ、篠沢玲香を庇(かば)ってのことだったとしても、会社に虚偽の報告をしたのは致命的なミスだったと思うね。彼には公私の峻別(しゅんべつ)がまったくつけられなかったわけだから」

「芹澤さん、言っておくけど、あなたに考える余地なんてひとかけらもないのよ。もし小堺をクビにするなら、気の毒だけどあの録音が会社中に出回ることになるの。そしたら、あなた破滅でしょ。そのことをちゃんと理解した方がいいと思うわ」

「だから、仮にそうなった場合、実際はどれくらいのダメージを受けるのか、僕としても具体的に検討する時間が必要なんだよ。きみたちのやっていることは間違いなく恐喝なわけだから、友人の弁護士にも相談して、法的な対抗措置も準備しなくちゃいけない。恐喝罪できみや小堺を逮捕させることが可能かどうかも知りたいしね」

「ねえ、少し冷静になってよ。私たちのお願いってそこまで深刻に受け止めるようなものじゃないでしょう。クビにしないでくれって言ってるだけで、そんなの芹澤さんの権限があれば何でもない話じゃない。それ以外の処分なら甘んじて受けるって約束してるんだから」

「そう言われても、こうした脅しに会社が屈するわけにはいかないんだ。それに、こんな事態を招いた責任はすべて僕自身にあるんだしね」

珠美は困ったような顔つきになる。コーヒーをすすって、かすかなため息をついた。

「やっぱり芹澤さんって相当変わってる人ね。部下だったときからちょっと怖いなって思ってたけど、彼の言ってた通りだったのかもしれない」

「彼って？」

「小堺よ」

このセリフも私には意外だった。

「彼が何て言ってたの？」

「こういうことをしても、あの人は言いなりにはならないんじゃないかって」

「なるほど……」

「私も、芹澤さんが独身だっていうのは気になっていたの。奥様やお子さんがいたら失うものの量が桁違いだけど、芹澤さんはそうじゃないから」

珠美は、今度ははっきりとため息をついてみせた。

＠

小堺史郎の処分は、人事統括の副社長、人事・総務担当常務の私、人事部長、そして木佐貫総務部長の四人の会議で正式に決定した。懲戒解雇、諭旨解雇、降格の三案が俎上に載せられ、私は懲戒解雇を求めたが、温情派で鳴らす副社長は降格を主張した。

「データも取り戻したんだし、下手に社外に放り出して騒がれたりするよりは生かさず殺さずでしばらく社内に置いておいた方が安全だろう」

というのが福社長の意見だった。

木佐貫総務部長と人事部長の二人は、副社長と私のあいだを取る形で「諭旨解雇」を推し、結局、これが結論となった。

金曜日の午後、私は社長に面会を求め、処分の内容を伝えるとともに退任届を提出した。小堺の解雇については眉ひとつ動かさなかった社長も、私が懐から取り出した「退任届」には啞然とした顔つきになった。

社長室の豪華な応接セットの真っ白なソファに私たちは向かい合って座っていた。

「芹澤君、これは一体何のつもりだ」

差し出された封筒の文字を一瞥し、彼は苦笑した。悪い冗談とでも受け取ったようだった。

若い頃から目をかけてくれ、同期の誰よりも早く役員にとりたててくれ、一昨年には五人抜きで常務に昇任させてくれた人だった。

「実は、とんでもない失態をやらかしてしまいまして……」

退任届をローテーブルの上に置くと、私は低頭したあと、事の一部始終を打ち明けた。

「しかし、きみともあろうものがどうしてそんな馬鹿なことをやっちまったんだ」

赤坂の馴染みのホステスを囲って十年になる社長が嘆息まじりに呟く。

私は無言のまま社長を見返した。

「だったらしょうがない。解雇を降格に変更しようじゃないか。それで、とりあえず向こうは黙ると言っているんだろう。あとのことはまた木佐貫にでもうまく処理してもらえばいいさ」

「そういうわけにもいきません。この際、小堺と一緒に私も責任を取るのが最善手だと思います。私が辞めてしまえば、彼らは何もできませんから」

「しかし、こんなことで辞めるのは余りに馬鹿馬鹿しいよ、きみ」

「小堺の背後に何者かがいる可能性も皆無ではありません。私のことで処分を曲げて、もしもそれが明るみに出てしまえば、社長も無傷では済まなくなります」

背後関係などあり得ないと確信していたが、私はそう言った。

社長は苦虫を噛(か)み潰(つぶ)したような顔を作る。

「月曜日に、小堺の処分と私の退任を同時に発表します」

私はソファから立ち上がる。

座ったままこちらを見上げた社長は、もう何も言わなかった。

珠美から携帯に連絡が来たのは、小堺の処分を公(おおやけ)にした二日後の水曜日だった。携帯の番号は、彼女と一夜を共にしたときに伝えてあった。私は、会社で私物の整理をしている最中だった。

「びっくりしたわ」

開口一番、珠美は言った。

「いろいろ考えてみたんだが、他に方法が思いつかなくてね」

何となくだが彼女が電話してくるような気はしていた。

「芹澤さん、これからどうするの」

「それをきみに話す必要はないと思うけど」

「それはそうだけど……」

「きみ、ひょっとして自分が逮捕されるんじゃないかと心配してるのか？」

私が憶測まじりに言うと、

「警察には話したの？」

どうやら図星のようだ。この電話の用向きはそういうことというわけか。

「まだ警察には行ってない。どうするか検討しているところだ」

からかい半分で、私は重々しい口調になる。

「私、芹澤さんに辞めろなんて一度も言ってないわよ」

「しかし、きみの脅迫のせいで僕は辞任に追い込まれた。それは事実だ」

「脅してなんかいないわ。ただ、お願いしただけじゃない」

「もし小堺をクビにするなら、気の毒だけどあの録音が会社中に出回ることになるの。そしたら、あなた破滅でしょ——ってきみは確かに言ったよ。録音だってちゃんと残っている」

「いやだ。録音してたの？」

「目には目をだからね」

録音したのは事実だった。

「一つ条件がある。それを飲んでくれたら警察には行かないことにするよ」

「ほんと？」

「ああ」

「何なの、条件って？」

「これから、ときどき会ってくれないかな」

「会うって？」

珠美は面妖な声を出した。

「友達がいないんだ。というか友達が必要だと思ったことがいままでなかった」

「じゃあ、なんで私と会いたいの」

「たまには誰かと話したいじゃないか。会社を辞めたら誰にも会えなくなる。それはさすがに不健全だからね。別にきみと寝たいわけじゃないんだ。昼間でも構わない。時間が取れるときに会ってくれるだけでいい」

「なぜよりによって私なの？　そういう相手ならいっぱいいるでしょう」

「それがそうでもない。おまけに、きみに対してだったらこうやって要求する材料がある」

「材料？」

「そう。さっきの交換条件」

「もしも、私がノーって言ったら」

「そのときは弁護士と一緒に警察に相談に行くよ。ちゃんと証拠もあるわけだから」

「なんだかすっかり主客転倒って感じね」

珠美は小さく笑った。

「しょうがないわね。じゃあ、今夜七時にあのホテルで待ってるわ。芹澤さんにはちょっと気の毒なことしちゃったから、今日は私が美味しいものをご馳走(ちそう)してあげる」

「それはありがたいね」

「ただし、お互いもう隠し録りはなしよ」

珠美は言って、「じゃあ、あとでね」とそそくさと通話を打ち切った。

@

「芹澤さんって、どうして結婚しなかったの？」

焼きたての肉に泡塩をたっぷりまぶしながら珠美が訊いてくる。

「他人の世話をするのが面倒だからかな」

私は言って、わさびをつけただけの肉を口に放り込んだ。脂は乗っているがしつこさはない。肉の味がしっかりと利いている。

「うまいね」

「でしょう」

相槌を打つと、珠美も肉を口に入れた。

「おいしい」

うっとりした声を出した。

彼女が案内してくれたのは八丁堀にある近江牛の専門店だった。二階の鉄板焼きのコーナーに席が用意され、目の前でシェフが肉や魚介を焼いてくれる。

二人ともグラスの赤ワインをちびりちびりと舐めていた。

「結婚する相手は他人じゃないでしょ。それにあなたが一方的に世話をするわけでもないじゃない」

「誰かを養うのが嫌なんだ。女房はともかく子供は百パーセント養わなきゃいけないだろ。そういうのは真っ平だね。僕は子供が好きじゃないしね」

「自分の子供はよその子とは違うんじゃない」

「かもしれないけど、その反対の可能性だってあるからね。きみこそ、どうして子供が欲しくないの？」

「私の場合は、子供嫌いってわけじゃないと思うわ。母親になるのが怖いのよ、ものすごく」

「それこそ案ずるより産むが易しってやつだろう」

「とてもじゃないけど、うちの母みたいな母親にはなれないって思う。そう考えると、産まれてくる子に悪い気がするの」

「きみのお母さんはそんなに凄い人だったの」

「ええ。私、ずっと母子家庭だったのよ。母が女手一つで育ててくれたの」

「札幌で？」

「私が短大出るまではずっと東京。札幌には母一人で行ったわ」

「再婚したの？」

「そうじゃなくて、仕事の都合。母は看護師で、長く働いていた大学病院の内科部長さんが札幌の大きな病院に院長として引き抜かれて、そのとき一緒についてきてくれって誘われたの。以来、ずっと札幌で働いてるのよ」

「じゃあ、いまでも看護師をしているんだ」

「それが、去年病院で倒れて、ここ半年は休職中」

「過労か何か？」

「くも膜下出血だったの」

「そりゃ大変だ」

「勤務中に倒れたのが不幸中の幸いだったって話」

「たしかにね」

「母は復帰したいみたいだけど、私はもう仕事は辞めて欲しいって思ってるのよ」

「後遺症は？」

「いまのところ出てないけど、でも看護師のような激務に戻るのは危険だわ」

先だって「母が弱ってきちゃってて」と彼女が言っていたのはそういうことか、と思う。

「よく分からない話だな」

ガーリックチップを載せた肉を咀嚼（そしゃく）しながら私は言った。

「何が？」

珠美が怪訝（けげん）な様子になる。

「だから、きみが子供を作らない理由だよ。母親のような母親になれないからなんて変だろ。きみはお母さんとは別の人間だし、お母さんのようになる義務はないからね。ついでに言うと、きみが産んだ子供だってきみとは全然違う人間なわけだから」

珠美は何も言い返さず、しばらく黙り込んでいた。

「私にとって一番大事なのは母なのよ。子供なんて作るヒマがあったら母にちゃんと親孝行してあげたいの」

彼女は自分に言い聞かせるように言った。

「そういうことなら少しは理解できるけどね」

私は隣の彼女を見る。この人は横顔が特に美しいと思う。

「恩のある人にお返しをするのは人間として当然の話だ。子供に何かしてやるよりはずっとましだと僕も思うよ」

「でしょう」

珠美が我が意を得たりという声になる。

「だけど、きみにとって一番大事なのは小堺じゃなかったの？」

混ぜっ返すと、

「彼は母にとても優しいのよ」

案外真顔で彼女は言った。

〆のガーリックライスのあと一階のバーカウンターに案内され、そこでシャーベットとコーヒーが出てきた。珠美は私の目の前で支払いを済ませてくれた。

時刻はまだ九時を回ったばかりだ。

「悪いね、ご馳走になっちゃって」

「これくらいじゃお詫びにもならないけど。でも、まさか芹澤さんが会社を辞めるなんて思いもよらなかった」

「小堺はどうしてるの？」

木佐貫の報告では、彼は神妙な態度で諭旨解雇の辞令を受けたようだった。辞職願もその場で書いて提出したらしい。

「一昨日(おととい)から帰って来てないわ」

事もなげに珠美は言った。

「帰って来てない？」

よく意味が摑めない。

「たぶん、あの女のところへ行ってるんだと思うわ」

「だけど、彼女とは別れることにしたんだろう」

「それはクビにならずに済んだらの話よ」

皮肉るような目つきで珠美が私を見る。

「そういう目で見られても困るけど」

「それもそうね」

あっさり引き下がって、彼女は笑みを浮かべた。

「何だかすっかり計算が狂っちゃった。やっぱり女の浅知恵じゃ駄目ね」

やけに殊勝なことまで言う。

「これからどうするの？」

珠美は首を傾げ、

「芹澤さんの方こそどうするの？」

と問い返してくる。

「別にあてはないけどね。当分のんびりやろうと思ってるよ」

「何も辞めなくたってよかったのに。せっかく出世してたんだし、社長にだってなれたかもしれないのに」

今度はこちらが珠美をじっと見る。

「そんなこと、お前に言われたくないって顔に書いてあるわ」

「まあね」

私も笑みを浮かべてみせた。

「小堺がいないんだったら、もう一軒くらい付き合ってくれよ。帰りはちゃんと送っていくから」

と誘ってみる。

「もう一軒と言わず、今夜は何軒でもお付き合いするわ」

珠美はそう言うと先にスツールから降りた。

@

銀座四丁目にある行きつけのバーに連れて行った。

会社に入ってすぐから通い出した店で、かれこれ三十年近くになる。

珠美と並んでカウンターに座ると、マスターがまじまじと珠美を見た。プロに徹した人なだけに珠美に彼のことを誤解されるのは不本意だったので、

「びっくりしたでしょう」

オーダーを取りにきたマスターに私から話しかけた。

「申し訳ありません」

彼は、珠美の方へと頭を下げた。

彼女はぽかんとしている。

「いや、いままで一度も誰かをここへ連れて来たことがなくてね。それで、さしものマスターもきみに釘(くぎ)づけになってしまったってわけさ」

この一言でようやく合点がいったみたいだった。

「僕が初めて来たのって何年前でしたっけ」

「二十八年前です」

正確な数字が返ってくる。

「二十八年……」

さすがに珠美も驚いたようだ。

「何になさいますか？」

マスターはもう普段の顔に戻っている。私が山崎のオンザロックを頼むと、珠美も「同じものを」と言った。

「僕が五歳のときに、二つ下の妹が肺炎で死んだんだ」

それから私は、妹が亡くなった理由を語り、両親が別居に至った経緯も詳しく話した。我ながらなぜそんなことをべらべら喋っているのか不思議だった。

「在実が死んだとき、僕は思ったんだ。人生には、ほんの小さなミスが重大な結果を招くことがあるんだって」

珠美は口を挟むこともなく話を聞いていた。

「きみに脅迫されたとき、こう思った。ほら見ろ、ほんの小さなミスがまた重大な結果を招いてしまったぞって」

そこで言葉を切って、オンザロックをお代わりする。「きみは？」と訊ねると「私もいただくわ」と珠美は頷(うなず)き、残りを飲み干した。氷がグラスにぶつかる音が心地よい。

「でも、じっくり考えているうちに、いや実は全然そうじゃないって思い始めたんだ」

「そうじゃない？　何が？」

お代わりのオンザロックが二人の前に置かれた。

「いままでずっと思い込んできたけれど、よくよく考えてみたら、ほんの小さなミスが重大な結果を招くというのは矛盾だと気づいたんだ。ほんの小さなミスはほんの小さな結果を招き、重大なミスが重大な結果を招く――現実はそうに決まっているからね。重大な結果を招いた以上、そのミスはほんの小さなミスであるはずがない。些細な手違いや判断ミスに見えたとしても、実は、そこには深刻な要素がぎっしりと詰め込まれていて、ただ、僕たちはいつも散々な結果に打ちひしがれるあまり出来事の本質を見極めようとしない。だから重大なミスがしばしば小さなミスのように見なされてしまうだけなんじゃないかってね」

「じゃあ、あなたのミスもそうだったたってこと？」

珠美は的確な質問を返してくる。

「そうなんだよ。すっかり酔わされて、ついきみの誘いに乗ってしまったたけ。あげく録音されているのに気づけなかったのは、ちょっとばかりセックスに夢中になり過ぎただけ、なんて最初は考えたんだ」

「実際その通りなんじゃないの。私が言うのもなんだけど」

「いや、それが案外そうでもないんだよ。不始末をしでかした社員の妻がいきなり会いたいと言ってくれば、その時点で僕は激しく警戒するに決まっている。ホテルのコーヒーハウスを待ち合わせ場所に指定するのはあり得ないし、まして、彼女と食事をしたり酒を飲んだりするわけがない。そして何より、その晩のうちにベッドを共にしてしまうなんて、本来の僕だったら絶対にやるはずがないんだ」

「だったら、どうしてそんなことを？」

「僕にもまだはっきりと理由は分からない。でも、あの晩の行動が小さなミスでなかったのは確実だと思うね」

「それで会社を辞めたわけ？」

「まあ、そうだね。そうするのが最も適切だと判断したんだ」

「何だかよく分からない話だわ。人間なんて魔が差すときもあるし、誰かに対して必要以上に気を許したり、手もなく騙されたりすることだってあるわ。でもそんなのごくごくたまにしかないことで、一回限りのミステイクみたいなものじゃない。しかも、それが取り返しのつかないミスならともかく、今回の場合なんて幾らでもリカバリーの余地があったでしょう。なのに常務の椅子を自ら放り出すなんて馬鹿げてると思う」

「たぶんやけくそになってたんだと思うんだ」

「私もそう思うな」

「いや、そういう意味じゃなくてね。きみの誘いに乗ったときすでに僕はやけくそだったんだよ。魔が差したというのはその通りかもしれないが、だとすると、その魔は外からやって来たんじゃなくて僕の心の中にもともと巣食っていたんだと思うね」

「じゃあ、芹澤さんは端(はな)から仕事なんてどうでもいいって思ってたってこと？　何かきっかけがあれば会社を辞めようと狙(ねら)ってたってこと？」

「仕事がどうでもいいとか、辞表を出したいとか、具体的に想像したことはなかったけど、きみの罠にひっかかったことや、そのことできみに脅されて辞任に踏み切ったことなんかを考え合わせると、心のどこかにそういう気持ちが潜んでいたのは事実だろうね」

「じゃあ、私が一方的にひどいことをしたってわけでもないんだ」

なぜだか、珠美は少しがっかりしたような口調で言った。

「そこは評価の仕方次第だと思うよ。爆弾があって、その導火線に火をつけて爆発させたとして、その犯人が、爆弾を作ったり、そこに置いておいた人間に対してどれだけ責任転嫁(てんか)できるかっていう問題だからね」

私はチェイサーで少し喉(のど)を湿らせる。

「でも、僕が言いたいのはそんなことじゃないんだ」

珠美が訝(いぶか)し気にこちらを見る。

「妹が死んだのは、父と母の小さな判断ミスが生んだ重大な結果だとずっと思い込んできたけれど、それは全然違うと気づいたんだよ。そして、そのことをまだ五歳だった僕は充分に理解していたのに、成長するにしたがって、あれは不幸な事故に過ぎなかったと記憶を捻じ曲げていったことにも気づいた。一つには両親への同情と遠慮があったからだろうし、もう一つには、たとえ五歳とはいえ妹のために何もしてやれなかった自分を責め続けるのが嫌だったからだと思う。あのとき、父と母が妹のことを本当に気にかけていたら出発を延期したに違いないんだ。だって妹は二日前から熱を出していたし、まだ三つだったし、父の郷里は東京から電車で七時間もかかるようなところだったんだからね。だけど父は祖母の都合を優先し、母はそんな夫の意向を優先した。二人とも幼い娘のことなんて二の次だったんだよ。そして妹は肺炎であっけなく死んでしまった。父と母が別々に暮らす道を選んだのは、結局、自分たちの罪を相手に擦り付けて、それをそのまま定着させたかったからだ。そうすれば自分の責任を常に軽くしていられるからね。まったくもって身勝手でどうにもならない人たちだと思うし、両親がそういう人間だというのを僕は小さい頃からはっきりと理解していた気がする。ただ、さっきも言ったように、極力そう思わないように努力したんだ。何しろ自分を養ってくれている相手だからそうそう嫌われるわけにもいかないだろ。たとえ二人が大事な妹を死なせてしまった張本人だったとしてもね」

「お父さんやお母さんのことをそんなふうに言ってはいけないわ」

落ち着いた声で珠美が言う。

「どうして？」

「妹さんを失って誰よりも悲しかったのは二人なんだもの。それに、別居することで自分たちの罪悪感を軽くできたんなら、それを責める権利は誰にもないと私は思うな。たしかに両親が離れ離れになって芹澤さんはさみしかったかもしれないけど、逆に、ずっと一つ屋根の下でいがみ合っていられるよりも良かったかもしれないでしょう。私も父親に捨てられたけど、だからって自分が子供時代にひどく不幸だったとは思っていないもの。父の不在を充分に埋めてお釣りがくるくらい母に愛されて育ったから」

珠美は嚙んで含めるように言い、

「芹澤さん、親を恨んではいけないと私は思う。たとえどんな親だったとしても、その人たちがあなたをこの世界に送り出してくれたんだもの。まずはそのことに感謝しないと、人間って一歩も先に進めないんじゃないの？」

「じゃあ、きみはきみを捨てた父親のことを恨んでないの？」

「もちろんよ」

「だけど、きみという人間が、夫や母親のために恐喝まがいのことを平気でするような女になったのは、その父親のせいなんじゃないかな。彼がきみたち母子を捨てなければ、きみはもう少し分別のつく人間になってたと僕は思うけどね」

「さあ、それはどうかしら。確かに私のやったことは褒められたものじゃないけど、小堺や母を守るためにはああするしかなかったのよ」

「それこそ僕にはよく分からない話だな。だんながよそに女を作って、それが原因で会社にいられなくなったとしても、だからといってきみにできることなんて何もないし、そもそもきみが第一に考えるべきは小堺の首を繋ぐことじゃなくて、自分がどうして夫に裏切られてしまったかだろう。きみは、自らの責任を追及するのが嫌だから、とりあえず乱暴な方法を使って問題をすり替えたに過ぎないと僕は思うけどね」

「小堺があの女とできちゃったのは私のせいではないわ。あの女が彼を誘惑したからよ。それに、私は夫婦関係を改善したいなんてちっとも思っていないもの。私が望んでいるのは、結婚によってもたらされる生活の安定だけだから」

「だけど、そんなの小堺からすれば大きな迷惑だよ。好き合ってもいなけりゃ子供がいるわけでもない、そういう相手と結婚し続ける筋合いはないからね」

「それでも夫婦は夫婦でしょう。結婚したからにはそうやすやすと別れたりはできないのよ」

「じゃあ、生活の面倒は一生見るから、そのかわりに離婚してくれって言われたらきみは判子を捺すのか」

「たぶん捺さないわね。だってそんな約束全然信用できないし、彼が早くに死んだらすべておじゃんでしょ。結婚さえしていれば莫大な資産が自動的に私のものになるんだもの」

「なるほど。子供にも取られないってわけか」

「そういうこと」

話しているうちに次第に酔いが回ってきているのを感じていた。いつの間にか二人とも五杯目に入っていた。前言撤回、珠美はやはり酒が好きなのかもしれない。

「芹澤さんが結婚しないのは、ご両親のせいってわけね」

彼女の顔色はちっとも変わっていなかった。

「そうだよ。子供が欲しくないのもね。妹が死んだ頃には父と母の結婚生活はすでに破綻してたんだと思う。仕事上でも二人はライバルだったんだ。もちろん一緒にいることのメリットもあったはずだよ。一人は気鋭の哲学者で、もう一人は才能あふれる女流画家だったからね。だけど実際は、自分の仕事しか見てなかった。父は哲学という学問に没頭し、母は創作に身も心もゆだねていた。妹の熱が引くまで出発を延ばさなかったのは、結局、二人とも妹に無関心だったからだ。だからこそ父はわがままを通そうとし、母はその父の気分に逆らって余計な波風を立てるのを面倒がったんだよ」

酔っている気配はないのに、珠美が大きく息を吐いた。

「それにしたって、遠い昔の話でしょう」

「時間は関係ないよ。僕が言っているのは、親子にしろ夫婦にしろ所詮(しょせん)は何ほどのものでもあるまいってことだからね」

「でも、そういう話を聞いていると、あなたのことが、まるで小さな世界に閉じ込められた哀れな子供みたいに思えてくるわ」

珠美はまるでため息でもつくように言った。

「たしかにそうかもしれないね。僕自身も同じように感じることがあるから」

「だったら、全部忘れちゃえばいいいじゃない。ご両親のことも妹さんのことも」

私は背筋を伸ばし、小さく首を回した。正面の棚にずらりと並んだ洋酒のボトルを眺める。

「でもね、僕はとても悲しかったんだよ。妹が死んで本当に悲しかったんだ。半世紀近くも昔の出来事なのに、それでもこうしてあの子の顔を思い出すと、当時のやりきれない悲しみが胸によみがえってくる。そしてね、親たちがちっともそういう僕の悲しみを理解してくれなかったことや、それどころか、自分たちの悲しみに溺れて息子のことなんて何一つ気遣ってくれなかったのを思い出すんだ。妹を死なせたことについて『ごめんなさい』の一言さえ僕にはなかったからね」

私はいまでも街中で小さな女の子を見ると、在実のことを思い出した。母も、死んだ父も彼女についてやがて忘れていったが、私は忘れなかった。私の目線は五歳だった頃のまま正確に維持されていた。あの時期、親たちが在実を見るよりもはるかに身近で親密に、私は彼女を見つめ、慈しんでいた。在実を奪われたことは私の人生にとって決定的な出来事だった気がする。この世界にはさまざまな兄妹がいて、それぞれに異なった絆で結ばれていて、その絆の太さも長さも、そして素材も一本一本異なるのだと思う。私と在実とを結んでいた絆はおそらくとびきり特別なものだったのだ。その特別な絆をある日、唐突に断ち切られてしまったがゆえに、私が蒙（こうむ）ったダメージは甚大（じんだい）だった。半世紀近くが過ぎた現在も、私がこうして妹の死に囚（とら）われ、思い出すたびにうちひしがれてしまうのはきっとそのせいに違いなかった。

「芹澤さん、何だか顔色が悪いわ」

物思いに耽（ふけ）っていると不意に珠美の声が聞こえた。我に返って私は顔を上げる。

「明日は会社なの？」

珠美の声は慈愛に満ちているかのように耳に響いた。

私はその懐（なつ）かしい顔を見つめながら首を横に振った。

@

「サザエさん症候群」になったのは四年前の夏だった。

この病気は、日曜日の夕方、テレビからちょうど『サザエさん』のテーマソングが流れてくる時間帯になると、「ああ、明日からまた仕事なのか……」と憂鬱（ゆううつ）な気分に陥ってしまう精神疾患のことだ。

六月に取締役に就任したばかりで、仕事は絶好調だった。休日返上で幾らでも働きたいくらいの心境だった。

それだけに、ちぐはぐな我が心のありように驚き、ひたすら戸惑うほかなかった。

どんなに自らを鼓舞し、宥（なだ）め、説諭しても日曜日の夕方が来ると心が沈み込んで会社に行く意欲が失せてしまう。翌日、決死の思いで出勤すると仕事は普段通りにこなしていける。だが、一週間が過ぎて次の日曜日が訪れると、心はまた憂鬱で塗りつぶされてしまうのだった。

年末までそうした状態がつづき、徐々に症状は重くなっていった。その頃には、「サザエさん症候群」ないしは「ブルーマンデー症候群」と呼ばれる軽度のうつ状態に自分が陥っているのは自覚していた。

しかし、どうしても医師の助けは借りたくなかったし、向精神薬を服用するのも御免だった。

年末年始の休暇に入ると症状はおさまり、私は一息ついた。ところが、始業日前日が来るといつもの憂鬱が再び舞い戻ってきてしまった。

翌朝はタクシーを呼んで何とか会社に辿り着いた。年初の役員会に出て、午後は業界の新年パーティーに参加し、そのまま流れて取引先の人たちと銀座のクラブに繰り出した。二軒目は、業務提携しているビール会社の役員の行きつけの店に案内されたのだが、そこで働いていたのが香代子(かよこ)だった。

日付けが変わる前に解散となり、私は香代子を連れ出した。夕方から飲んでいたのですっかり酔っ払っていた。その日は金曜日で、また日曜日が来るのが怖かった。今度こそは会社に行けなくなるという予感があった。一人きりになるのが心底嫌だったのだ。

浅草までわざわざタクシーを飛ばして、馴染みの寿司(すし)屋に案内した。

私は名物のがりをつまみに熱燗(あつかん)をやり、香代子は腹が減っていたのか「おいしい、おいしい」と寿司をたくさん食べていた。その店の握りはたしかにうまいのだ。

二十代後半に見えたが、もう三十五歳だという。ママとは前の店で同級生で、彼女がいまの店を開くときに誘われて移ったのだそうだ。

「美沙枝(みさえ)ちゃんは欲望のかたまりだから」

ママのことをそう言うので、

「小柳(こやなぎ)さんは違うの？」

と訊(たず)ねると、

「私は何にも欲しいものがないの。子供のときからそうで、それでこんな怠け者になっちゃったのよ」

と笑った。彼女の名字は「小柳」で、香代子というのも本名だった。

「サザエさん症候群」の話を誰かにしたのはそのときが初めてだっ

た。熱燗をすすっているうちにそれまでの濁った酔いが抜け、頭が不思議な冴え方をした。彼女に相談しろ、という心の声が聴こえた。

「この半年、どんどん苦しくなってきている。正直、もうこれが限界だと思うんだ」

私はその瞬間まで否定し続けてきた本音を口にした。

香代子は気休めのたぐいは口にせず、しばし黙っていた。そして、

「芹澤さんって、何か思い出の曲ってある？　すごく懐かしくて、それを聴いたら、あの頃にもう一度帰りたいなって思うような、そういう曲がいいんだけど」

と訊いてきたのだ。

私は怪訝な心地で彼女を見た。この人は、いきなり何を言うんだろ

う？

「もしそういう曲があるなら、今日から毎日、いつでもいいから気が向いたときに聴いてちょうだい。独りのときでも、人混みの中でも、とにかくいつでもいいの。そしたらだんだん症状が軽くなって、いずれ消えてしまうから」

私には彼女の言っている意味が摑（つか）めない。

「どうして、症状が消えるの？」

絶対にそうしようと決意しながらも訊ねる。

「そんなふうに心が参ってしまったときは自分自身に治してもらうのが一番なのよ。というか、自分の心は自分にしか治せないの。病気や怪我（けが）だって実は同じなんだけど、心は特にそうなのよ。でも芹澤さんの心は弱ってるから、いまの自分に治療してもらうわけにはいかないでしょう。だから、過去の自分に会いに行って、その人に治してもらうしかないのよ」

「音楽を聴くだけでいいの？」

「そう。そして当時の自分を思い出せばいいのよ。別に楽しい思い出なんかじゃなくてもいいの。ああ、あのときの自分に会ってみたいな、とか声をかけてやりたいなって思うような自分を探すの」

「で、その自分に何てお願いすればいい？」

「お願いなんて何もしなくていいのよ。ただ思い出してあげるだけでいいの」

「そうなのか……」

「思い出の曲って何かある？」

「たぶんね」

「だったら、家に帰ったらすぐにダウンロードして聴いてみるといいわ。それだけで今週は乗り切れるし、来週はもっとうまくいくから」

「小柳さんって、そういう勉強をやってたの？」

「大学では心理学を学んでたけど、でもそれは関係ないの。若いときにひどい自律神経失調症で、いろんな治療法を試してみて、これが一番効き目があるって分かったのよ。だから心配しないで。絶対に効果があるから」

その晩、私は帰宅すると〝思い出の曲〟をデジタルオーディオプレーヤーにダウンロードしてイヤホンで聴いた。古いオーディオセット もあるにはあったが、もう何年も使っていなかった。宣伝畑や企画畑が長かったので、いまでも流行(はや)りの曲くらいはチェックしていたが、若い頃に買い集めたCDは十年以上も前にすべて処分してしまっていた。

私が選んだ曲は、a-ha の「Stay on These Roads」だった。会社に入って間もない時期にヒットしたのだが、当時付き合っていた女性と待ち合わせるとき、私はいつもウォークマンでこれを聴いていたのだ。

彼女は人妻で六つ年上だった。仕事で知り合って、台湾に一緒に出張した折に関係を結んだ。三年ほど付き合ったところで夫が中東のドバイに転勤になり、彼女も仕事を辞めてついて行った。行かないでくれと本気で頼めばそうしてくれたかもしれないが、私にその気はなかった。以来一度も会っていないし、連絡もまったく取っていなかった。彼女が去ってしばらくして、自分が深く彼女を愛していたことに気づいた。

後にも先にも、彼女以上に誰かを愛したことはないと思う。

あの頃、なぜ「Stay on These Roads」が好きだったのだろう？

「この道を離れないで」と繰り返されるサビの部分が私の気持ちを代弁していたのだろうか？

Stay on these roads
We shall meet, I know

Stay on ... my love
We shall meet, I know
I know

二十数年ぶりに曲を聴き、若かった頃の自分を思った。聴きながら、PCを起ち上げて、初めて彼女の名前を検索バーに打ち込んでみた。するとフェイスブックにそれらしき人物が見つかった。簡単なプロフィールも、小さくだが写っている顔写真も彼女と一致していた。いまはフランスに住んでいるようだった。二人の子供にも恵まれていた。私と付き合っている頃は、子供ができないことをしきりに気に病んでいたのだが……。

香代子の言った通りだった。

二日後の日曜日を私は何とか乗り切ることができた。翌週も翌々週も憂鬱に襲われはしたものの、どこかしら趣が違っているのが自覚できた。そして、二ヵ月もしないうちに私の症状はすっかり消えてしまったのだ。

すでに香代子と付き合い始め、週末は彼女の部屋に入り浸っていたので、症状が出なくなった一番の要因はそっちだったのかもしれないけれど。

@

二年前に香代子は結婚した。

相手は店の常連で香代子と同い年の離婚経験者だった。前妻と別れてたった半年で香代子にプロポーズしたと知り、

「その男、大丈夫なのか？」

思わず訊いていた。

「一度結婚すると、独り身は耐えられないみたいよ」

香代子は言い、「あなたみたいに独身が長いと、今度は誰かと一緒に暮らすのが耐えられないんだろうけど」と笑った。

香代子とは一年ちょっとで別れた。結婚の報告を受けたとき私たちはすでに他人同士だった。

別れた理由は大喧嘩（おおげんか）でもどちらかの浮気でもなかった。

私が誰とも結婚する意志がないと知って彼女が見切りをつけたのだ。

結婚する意志のない男ほど女にとって魅力に欠ける存在はないらしい。なるほど、私はこれまで一年と間を空けることなく誰かと付き合ってきたが、どの女性とも二年以上続いた試しがない。不惑を過ぎると、「男は、習慣と結婚する」と言うが、私の場合、さほど確固たるライフスタイルを構えているわけでもない。掃除や洗濯は嫌いではないが、料理は素人（しろうと）の域だし、これという趣味も持っていなかった。

かれこれ三十年近く仕事に身を入れてきたが、それとて、こうしてあっさり棒に振ったところを見ると、決定的に重要なものではなかったのだろう。

退任した次の週、半年ぶりくらいで香代子が連絡を寄越した。翌日さっそく会う約束をした。いまでも私たちは年に二、三度、食事をしたりお茶を飲んだりしていた。

西神田の小さな蕎麦（そば）屋で待っていると、畳んだ日傘を手に香代子が店に入ってきた。

昼時を過ぎて、いつもは混んでいる店も客はまばらだ。五月にもかかわらず街には真夏のような明るい日差しが照りつけていた。一目見て、彼女の下腹が膨らんでいるのが分かる。テーブルの向かいに座った香代子は長い髪をまとめ、頭の上でおだんごにしていた。少し痩（や）せたのか顎（あご）が尖（とが）って見えるが、大きな瞳（ひとみ）はいつもより柔和な光をたたえている。

「何ヵ月？」

訊ねると、

「やっぱり気づいた？　もうすぐ六ヵ月なの」

細面（ほそおもて）に笑みが広がった。

「おめでとう」

「どうもありがとう」

香代子は小さく会釈（えしゃく）する。

そば茶を持ってきた店員に注文を済ませたあと私たちはしばし無言だった。

「僕たち、会うのは今日で最後にしなくちゃね。そのかわり、無事に産まれたら一度だけ連絡をちょうだいよ」

私が言う。

「分かったわ」

「だけど、だんなさん、子供はいらないって言ってたんじゃなかった？」

「私に気を遣ってくれてたみたいなのよ。歳が歳（とし）だったから」

彼女は三十七で結婚した。今年三十九。たしかに妊娠にはぎりぎりの年齢だろう。

「でも、よかったね。これできみも歴（れっき）とした母親だ」

「そうね」

「僕の住む世界からきみがいなくなると思うと少しさみしいけど」

「いつもそんなことばかり」

香代子が笑う。

この世界は、子供のいる世界と子供のいない世界の二つに分かれていると私はずっと思ってきた。人間は大人になると「子供のいない世界」に身を置くようになるが、その大半が親となって、再び「子供のいる世界」へと舞い戻っていく。

私は、会社を辞めたことを伝えた。「冗談でしょ」と香代子は何度も聞き返してきた。小堺珠美の一件には触れず、「不祥事があってね。その責任を取ることにしたんだ」と曖昧(あいまい)に説明した。

「だけど、そんなにあっさり辞めちゃって、これからどうするつもりなの」

「まだ、何も決めていないんだ」

「でも、あなただったらどこからでも引きはあるわよね」

「それはどうかな。仮に引っ張ってくれるところがあっても、同じ業界じゃ面白味がないし、といって違う畑じゃ自信がない。しばらくは大人しくしてるつもりなんだ」

「だけど、あんまりのんびりしてたら忘れられちゃうわよ」

「そのときはそのときかな。僕には家族がいないし、父が遺してくれたものもあるし、おふくろの絵だっていまじゃあ大層な値がついてるみたいだからね。一生、食うには困らないと思うんだ」

「羨ましいことを言うのね」

香代子の夫はＪＲ東日本の社員だが、まだまだ幹部というわけではなかった。

「僕が死んだら、きみの産んだ子供に遺産を譲ってもいいよ」

半分本気で私は言った。

「だったら、どこかの施設に寄付した方がいいわ。お金に困ってる人がこの世界にはたくさんいるんだもの」

「それって皮肉？」

「まさか」

ようやく蕎麦が届く。ここの名物は鴨（かも）せいろだった。私はそれを頼んだが、香代子は天ぷらそばを注文した。

「ねえ」

どんぶりに箸（はし）を入れながら、香代子が言う。

「ほんとに大丈夫なの？」

「何が？」

「だから、あなたの今後のこと」

「どうして？」

「幾らお金があったって、生きる目的みたいなものがなくちゃ生きていけないものよ」

「そう言われてもねえ」

「私はてっきり、あなたは仕事が生き甲斐なんだと思い込んでた」

「僕もそうじゃないかって思ってたんだけどね」

「私ね、妊娠が分かったとき、これでもうしばらく生きられるって思ったの。なんとか命綱に手を掛けることができた気がした」

「命綱？」

「そう。この子の命綱じゃなくて私自身の命綱」

「なるほど」

「あなたにとっては仕事が命綱だったんじゃないの。会社を辞めてしまったら、その大事な命綱が切れてしまうじゃない」

「そういうもんかな」

「そうよ。だから心配なのよ」

「別に目的がなくたって、お金さえあれば、自殺でもしない限りは生きられると思うよ」

「でも、あなたが仕事を辞めるのって半分自殺みたいなものなんじゃないかしら」

「まさか」

「それとも、自分で気づいていないだけで、何か他にしたいことを見つけたのかも」

そう言われたとき、私はなぜだか珠美の顔を思い浮かべたのだった。銀座のバーで飲んだあと彼女を家まで送って行った。別れ際に「また誘っていいかな」と訊ねると、「小堺が帰って来てなければね」と珠美は答えたのだった。

@

夢のような人生はどこにもない。

あの子に教えたのは、それだけなんです。

鳴原虹子はそう言って、

「産んで育てた母親でも、子供のことはちっとも分からないものなんです。でも、芹澤さん、本当にごめんなさいね」

ふたたび深々と頭を下げた。

「もういいんです。もともと身から出た錆だし、珠美さんだけが悪かったとは思っていないですから」

私も、先ほどから何度も繰り返している言葉をまた口にする。

「それにしてもねえ……」

当然の反応とはいえ、虹子は浮かない顔つきのままだった。

ときどき会ってくれないか、と頼んではみたものの会社を辞めて一ヵ月余り、私は一度も珠美に連絡しなかった。会いたくなかったわけでもないが、どうしても会いたいというほどでもなかった。仕事を失って誰の顔も見なくなれば、一気に押し寄せてくる寂寥感で神経が参るのではないかと危惧していたが、そうでもなかった。人に出会わなくなった分の穴埋めは、たとえば街の何気ない風景との邂逅、雑踏や喧騒の再発見、空を見上げるという初めての習慣、念入りな家事や調理の充実感、酒のない日常の数十年ぶりの復活、自然な目覚めまで続く快眠、気ままな時間のショッピング、テレビの朝や昼のワイドショー、平日の映画鑑賞などなどで充分に果たすことができた。

　結局、小堺は珠美のもとへ帰ったのだろうか？　これまでの流れを振り返れば、一時の気迷いから抜けて彼女の懐に舞い戻ったに違いない。自分の浮気の始末を女房に任せる男が独立独歩の行動など取れるはずがない。まして小堺は世田谷の大地主の次男坊ときている。会社をクビになったところで痛くも痒くもないし、生活の苦労など想像することさえできない人間なのだ。

堅実過ぎる一面はあったが、仕事はよくできる方だった。四十手前で埼玉営業所の次長というのは悪くないコースだ。そういう面では、今回の諭旨解雇は残念な結果であったかもしれない。とはいえ、原因はどうあれ担当常務の私までが引責辞任に至ったのだ。彼としても誰かを恨む筋合いではなかろう。悔やむならまずは妻の行き過ぎた行動を是認し、その悪手に乗っかってしまった自らの愚かさを悔やむしかあるまい。

珠美のことを思い出すにつけ、そんなふうに考えたりしていた。

連絡は彼女の方から寄越してきた。

何の用だと聞いてみれば、それが驚くような話だった。

札幌に住む母親がいま上京中で、娘の恐喝行為を聞きつけてどうしても被害者の私に直接会って謝罪したいと言っているというのだ。

「なんでまた、そんなことになってるの。一体誰が喋ったんだよ」

私は呆れ返る思いで訊ねた。

「それが、小堺が喋ったらしいのよ」

「小堺？」

ますます訳が分からなくなってしまう。

ちょうど一週間前、突然、母親の虹子が経堂にある珠美の家にやって来たのだという。虹子はときどきそうやっていきなり訪ねて来ることがあった。

「東京で新しい勤務先を探すつもりなのよ。前の病院から看護師長での復帰は認めないって言われたらしいの。院長先生は母とは大の仲良しだから、きっと体調を慮ってそんなふうに言ってくれたんだろうけど、それが母の逆鱗に触れたみたい。そんな降格人事を受け入れるくらいなら辞めさせていただきますって、もう辞表まで叩きつけてきたんだって」

さすがの珠美も困惑を隠しきれない口ぶりだった。

虹子の方もそうやって娘の家を訪ねてみれば婿の小堺がいない。二日経っても三日経っても帰って来ないことから、娘を問い質したようだ。珠美も詰め寄られてさすがに観念し、小堺が会社をクビになった末に愛人のところへ転がり込んで、もう一ヵ月以上帰って来ないのだと打ち明けたらしかった。

「母は事件のことに気づいてなかったから、こっちも何も言ってなかったの。だから、私の話を聞いてびっくり仰天しちゃったわけ」

「それで」

「それで、一昨日(おととい)、小堺の携帯に連絡して、ひとりで会いにいっちゃったのよ」

「誰に?」

「だから小堺によ」

「どうして止めなかったんだよ」

「止めるも何も、私には昔の看護師仲間に就職の相談に行くって言って出て行ったんだもの」

珠美はふてくされたような声になった。

「いまさら、きみの母親に謝罪されたって何の意味もないよ。真っ平御免だときみから伝えてくれないかな。かえって迷惑だからって……」

私が突き放した物言いをすると、電話の向こうで珠美が絶句するのが分かった。

「ねえ、芹澤さん、お願い。そんなこと言わないで一度だけでいいから母に会ってくれないかな」

猫撫(ねこな)で声になって言う。

「こっちが詫(わ)びなんていらないって言ってるんだ。それでいいじゃないか」

「そうもいかないのよ。母は一度言い出したらきかない人なんだから」

「そっちの事情を勝手に押し付けるのはやめてくれよ」

「それは重々分かってるけど……」

「それとも、また何かしら僕を嵌めようって魂胆なの？」

冗談半分に言ってみるが、反応はない。

「とにかく、この芹澤さんの携帯の番号を母に教えるから、せめて電話で話だけでもして貰えないかな。母も今回の件を聞いて、さすがにショックを受けてるのよ」

「僕とは関係ない話だろ」

「だけど、芹澤さんだって、一度は私とそういう関係になったんだし、完全な部外者ってわけでもないわ」

「すると何？　きみのお母さんは、僕が自分の娘を食い物にしたとでも息巻いてるわけ」

「だから、そうじゃないんだって。芹澤さんに私や小堺が大変な迷惑をかけてしまったから、親としてどうしてもお詫びがしたいって言ってるのよ」

どうやら珠美は正真正銘に困っているふうだった。

電話で話すくらいなら直接会ってみるか、とふと思ったのはなぜだろう？

——自分で気づいていないだけで、何か他にしたいことを見つけたのかも。

という香代子の言葉がずっと頭にひっかかっていたせいかもしれない。

「だったら、明日の三時に新橋のシルビアコーヒーで待ってるからって伝えてよ。そのかわり、きみは一緒について来なくていいからね」

いきなり時間と場所を告げたので、珠美は面食らったようだった。

「新橋のシルビアコーヒー？」

「そう。駅から五分くらいだけど、ちょっと分かりにくいところにあるからネットで調べてきた方がいい」

「そこで三時ね」

「うん。シルビアは変わった漢字表記だから、気をつけてね」

「芹澤さんの行きつけ？」

「いや。昨日のワイドショーで紹介されてて、新幹線が目の前を通る店らしいんだ。一度行ってみようと思ってたところだった。目印は、僕が週刊新潮を一冊持っていくことにするよ」

「芹澤さんって鉄ちゃんだったんだ」

「まさか」

私は笑う。

「とにかくそれでいいなら、お母さんと会うよ。じゃあ、明日三時に新橋の支留比亜コーヒーね」

と言って、私はさっさと通話を打ち切ったのだった……。

「人生なんて、たいがい悪夢だと僕は思いますけどね」

私が言うと、

「それは、芹澤さんが健康だからそんなふうに言えるんだと思いますよ」

虹子が薄く笑みを浮かべて言う。彼女の背後には大きなガラス窓があり、さきほどから東海道新幹線がしょっちゅう行ったり来たりしていた。ワイドショーで紹介されていた通りで、すぐ目の前を新幹線の長い列車がゆっくりと通過していく。鉄道マニアでもなんでもない私でも、さすがに目を瞠(みは)るものがあった。

「夢のような人生なんてどこにもないですけど、健康で毎日の御飯を美味(おい)しく食べられるのはそれだけで幸福な人生なんですよ。病気で苦しんでいる人と長年接していると、健康の大切さを心底痛感します」

「なるほど」

「どんなにお金があっても、どんなに愛されていても、ひとたび病気になってしまえば、そういうものはほとんど役に立たなくなるんです。がんや難病で亡くなる人を見ているとよく分かります」

噛みしめるような口調で虹子は言う。

「お仕事を探しにこちらに来られたと珠美さんに伺いましたが」

私は話題を変えてみた。

「そうなんです。病気のこともあって、ちゃんと働くのはもう無理じゃないかって上司に思われたみたいで。でも、自分の身体のことは自分が一番よく分かっていますから。それに私から看護の仕事を取ってしまったら何にも残りませんし」

「じゃあ、東京に戻って来られるんですか」

「はい。もともとそうするつもりだったんですが、今回、珠美のことや史郎さんのことを知って、ますますそうしようと思いました」

「あてはあるんですか？」

「珠美が短大を出るまではこっちで働いていたんで、仲の良いドクターや看護師はたくさんいるんです。その人たちにいま勤め先を探して貰っています」

「そうですか」

虹子はずいぶんと若かった。さきほど顔を合わせたときに年齢を訊ねたら五十六と言っていたが、とてもそんな歳には見えない。私より年下かと思ったほどだった。珠美同様に顔立ちは整い、大きな瞳には力がみなぎっている。去年、くも膜下出血で倒れたとはとても信じられないくらいだ。

「小堺君はどんな様子でしたか？」

さほど関心があるわけでもなかったが、さらに別の話題を振ってみる。

「珠美のところへ戻る気はなさそうでしたね」

虹子はあっさりと言った。私が怪訝（けげん）な表情を作ると、

「どうも、相手の女性がものすごく責任を感じているようで、史郎さんはそれにすっかりほだされてしまってるみたいでね」

「ほだされる？」

「いままで誰かからこんなに大事にされたことはなかった、なんて言っていました」

「しかし、前のだんなが小堺君を陥（おとしい）れたわけだから彼女が責任を感じるのは当然と言えば当然の話でしょう」

「なんでしょうけど、この先の面倒は一生自分に見させてほしいって泣いてすがってるみたいなんですよ。まあ、男としては悪い気はしないってところじゃないかしら」

「うーん」

「それに、珠美も珠美ですものね。あの子も心のどこかで史郎さんと別れたがってたんじゃないかと思います。最初から、あの二人は長く続かないと私は見ていましたし」

「それはまたなぜですか？」

「珠美には短大時代からずっとお付き合いしていた人がいたんです。その人に手ひどい形で捨てられて、それで史郎さんと一緒になったんです。それに、子供を産まないというのは小さい頃から言っていて、史郎さんみたいな資産家のお家だと、そういう嫁は論外なんだろうと思っていました。幾ら史郎さん本人がそれでいいと言っても、ご両親は違うでしょうからね」

「珠美さんはどうして子供が欲しくないんですか？」

子供より母親の方が大切なのだと私には言っていた。

「きっと、母親の私を見ていてそう思うようになったんでしょうね」

「それはまたどうしてですか?」

「女が子供を産むというのは生半可なことじゃないんですよ。否応なく母親にならないといけないですからね。珠美は、そういう大変なものを背負い込むのが億劫なんでしょうね」

「じゃあ、お母様もそんなふうに思っていたんですか」

「まさか。我が子ほど愛しい存在はいませんし、女だからこそ深く味わえる愛情というものがありますから。ただ、珠美のように、子供という重い荷物を一生持たずに暮らしていくのも悪くないという気はしますね」

「そうなんですか」

「子供を産んでも産まなくても、それぞれいい面と悪い面はありますでしょ。どんなことだって同じだけど」

「それはそうですけどね」

「珠美の見識は見識で、そこはちゃんとしたものだと私は思ってるんです」

「子供を産まないというのは見識ですか」

「ええ。そういうところが人間が他の動物と違う部分ですよね」

「まあ、そう言えばそうでしょうが……」

結局、私たちは二時間近くも話をした。最初は二人ともコーヒーを頼み、二杯目は虹子がココアで私はアイスコーヒーにした。席を立つ直前、

「あの分だと、珠美たちは離婚すると思うんです。それで罪滅ぼしに

なるとは思いませんが、珠美にとってはいい薬かもしれません」

虹子は何でもないことのように言い、自分の右に置いていていた緑色の小さなショッピングバッグを持ち上げて差し出してきたのだった。

「これは、私からのお詫びのしるしです。あんな大きな会社の常務さんだった方がお辞めになった償いにはとても間に合うはずもありませんが、せめてもの気持ちと思ってお納め下さい」

テーブルの上に載せられた包みに目を落とし、

「何ですか、これは」

と私は言う。

形状からして現金以外には考えられなかった。

「一千万円あります。何かのためにと貯めておいたお金なんです。これで珠美をどうか堪忍(かんにん)してやって下さい。芹澤さん、本当にごめんなさい」

また虹子は深く低頭してみせた。

「珠美さんはこのことを知ってるんですか？」

私の問いかけに、虹子は顔を上げる。小さく首を振った。

「だったら、このお金は珠美さんにあげて下さい。その上で、小堺君とはちゃんと別れて、仕事を見つけるようにと伝えて下さい。一生、誰かの経済力に寄生して生きていくなんて、それほどつまらない人生はありませんからね」

私は伝票を摑んで立ち上った。

@

「こんなに揺れたのは、東北の大震災以来だ」と思うような激しい揺れだった。あのときは有楽町を歩いていたので、実感としては今回の方が強烈だった。

地震が起きたのは日曜日の午後八時半過ぎで、風呂から出て、ビールを取り出そうと冷蔵庫の扉を開けた直後だった。まず最初に、目の前の冷蔵庫が縦にぐらりと揺れた。私は缶ビールに手をのばすこともなく慌てて扉を閉めた。閉めたとたん、今度はゆっさゆっさと冷蔵庫は横に揺れた。それを押さえつけるように両手をのばし、揺れがおさまるのを待った。

さらに激しい地震が襲ってきたのは、一旦、部屋が静かになって冷蔵庫の前を離れ、リビングのテレビをつけようとしたときだった。さきほどとは比較にならないような強震で、私は思わずテレビの前にしゃがみ込み、ソファに身を寄せた。部屋全体が左右に揺さぶられるようでサイドボードの上の電話の子機が充電器から倒れ、書棚に飾ってあった小物類が床に散らばった。リビングの窓もガタガタと音を立てた。

この横揺れはずいぶん長かった。二分くらい続いたのではなかったか。

NHKをつけるとアナウンサーが地震速報を行なっていた。震源は小笠原沖で地震の規模を示すマグニチュードは八・一、震源の深さは六百八十キロと繰り返している。父島、母島が震度五強、さいたま市が震度五弱、東京二十三区は震度四というテロップが画面上を流れていく。

これが「震度四」というのは実感から大きくずれていた。震度四程度の揺れは何度も経験しているが、棚の物が零れ落ちるようなことはついぞなかった。

「この地震による津波の心配はありません」

アナウンサーが連呼していた。

小笠原沖で、しかもマグニチュード八以上の巨大地震が発生したというのに「津波の心配はありません」というのも納得しにくかった。

私の借りているマンションは、品川駅から海側に五分ほど歩いた場所にあった。もしも誤報なら津波の直撃を受ける地域でもあるのだ。

「気象庁によりますと、今回の震源は六百八十キロと非常に深く、そのため津波の発生する可能性はないとのことです」

どうやらそういうことのようだった。

震源が深いため、余震の可能性は低いのだという。次々と各地の震度が日本地図の上に表示されていった。驚いたのは、関東地方だけにとどまらず、北海道から九州、四国までの広範囲で地震が起きていることだった。地中深い場所で巨大地震が発生すると津波や余震のおそれはないものの、かわりに日本列島全体が揺さぶられるらしい。

テレビは大方の地域の震度を伝え終わって、各地の様子をライブで報じ始めていた。山手線や地下鉄が止まっているようだった。渋谷や新宿、池袋の駅前は人の波であふれ返っている。ヘリからの空撮映像には、線路上で緊急停止してしまった新幹線の車両が映し出されていた。

今年に入って大きな地震や火山の噴火が全国で頻発していた。箱根山、浅間山の火山活動が活発化の様相を見せ、大隅諸島の口永良部島では大噴火も起きている。

地震は北海道から東北、長野、千葉、茨城、四国、奄美、沖縄と震度四を超えるものが立て続けに発生していた。

翌朝、トーストをかじりながら朝のワイドショーで一夜明けた都内の様子を見た。電車は平常通りの運行に戻り、止まっていた高層ビルのエレベーターは動き始め、人々の生活は普段と変わりなかった。最も揺れたさいたま市やその周辺で何人か軽傷者が出たようだが、都内のビル、マンションで家具が倒れたり物が落ちたりの被害はほとんどなかったという。

ザッピングしながら各局の番組をチェックした。

どうやらこのマンションは、昨夜、都内でも一番というくらいに揺れたようだ。

私はたまに、こうして自分が生きている時代のことを百年後なり二百年後なりの日本人は、どんな時代と呼ぶのだろうと考えることがあった。たとえば明治が「開国と富国強兵の時代」、大正が「護憲とデモクラシーの時代」、昭和の前期が「世界大戦の時代」、後期が「敗戦と経済成長の時代」と呼ばれるならば、この時代は一体何の時代と総称されるのか？

真っ先に思い浮かぶのは「天変地異の時代」だった。神戸、東北と二度の震災を経験して以降、ずっとそんな感じを抱きつづけていたが、ここ最近の地震や噴火のありさまを見ると、いや増しにその感を強くせざるを得ない。

東京オリンピックの翌年に生まれた私は、あと二十年かそこらは生きるだろう。そのあいだには、二度の大震災をさらに凌ぐような天変地異がこの国を襲うのではあるまいか？

たとえば富士山大噴火というような自然の驚異を目の当たりにするのではないか？

そういう気がしてならないのだった。

テレビを消し、食器を片づけ、二杯目のコーヒーを淹(い)れる。

昨夜しがみついたソファに腰を落ち着けて十五畳ほどのリビングルームをぐるりと見回した。

サイドボードと四人掛けのダイニングテーブル、書棚が一架に三人掛けのソファ、それにテレビ。壁にはマグリットの複製画と役員になった折に取引先の広告代理店からプレゼントされたヒロ・ヤマガタの風景画が掛かっている。掃除は念入りにしているが、殺風景な部屋であることに変わりはない。

このマンションを借りてもう八年になる。七階建ての四階。築年数は二十五年くらいだろうか。古くはないが新しくもない。分譲賃貸だから造りはそれなりにちゃんとしていた。とはいえ、昨夜の揺れを思い出すと、耐震面は決して十全とは言えないのではないか。八重洲(やえす)にある会社まで山手線を使ってドア・ツー・ドアで三十分弱という利便性が気に入って長く住んできた。２ＬＤＫで七十平米というのも独り暮らしには充分の広さだった。

マンションでも買おうか、という気になっていた。

昨夜も地震の後でちらと思ったが、朝のワイドショーを眺めているうちにじわじわと本気度が増してきている。

思えば、失業の身となって、おいそれと賃貸住宅を借りられる身分ではなくなっていた。女房子供のいない自分が家を買うなど考えてもみなかったが、これからの人生を睨(にら)んでみれば、資産としてではなく、ランニングコストの一環として家を買うのは必須(ひっす)かもしれない。我が子どころか甥(おい)や姪(めい)すらいないから、死んだらどこぞの福祉団体にでも寄贈するしかないだろうが、それはそれで悪くないような気もする。天変地異の時代を生き抜いていくとなれば、震度四程度の地震であれほど揺れたこの部屋にずっと居座り続けるわけにもいかない。といって、次の住宅を借りるのは失業の身では簡単ではない。

役員になった時点で受け取った退職金も今回の退任で受領した退職慰労金も手付かずで残っていた。マンションの一部屋くらいであれば即金で購入できる。

そして何より、家を買うとなれば物件探しをはじめあれやこれやと当分は忙しくしていられる。

絶好の退屈しのぎになるに違いなかった。

@

梅雨のさなかの部屋探しとなったが、雨続きの天気はかえって好都合だった。

日が陰り、じめじめとした憂鬱（ゆううつ）な日に終日引き籠（こも）ってもそれなりに快適に暮らせそうな部屋――を基準に様々な物件を当たっていった。

梅雨明けの頃には、何とか四つに絞り込んだ。三つの物件がマンションで、一つは一戸建てだった。マンションのうち二戸は中古で一戸が新築、一戸建てはもちろん中古物件だった。エリアは飯田橋（いいだばし）周辺に絞った。神楽坂（かぐらざか）をはじめとしてこの界隈（かいわい）に馴染（なじ）みの店が多かったし、いつか住んでみたいとかねて思いながらも、これまで一度もその望みを果たすことができなかった。

どの物件もＪＲ飯田橋駅まで徒歩十五分以内の場所にあった。神楽坂商店街の両側に一戸ずつ、九段下方向と後楽園方向に各一戸で、後楽園そばの物件が一戸建てだった。取り扱いは大手の不動産会社に一任し、ベテランの女性担当者がこちらの希望に沿って候補物件を割り出してくれた。

価格帯は六千五百万円から八千二百万円で、一番の高値は神楽坂寄りの六十五平米の新築マンションだった。

七月の半ば、私はあれ以来初めてこちらから珠美に連絡した。

虹子と新橋の喫茶店で会った次の日に礼の電話を貰ったきりで、すでに一ヵ月以上が経過していた。

「やあ、久しぶり」

と言うと、

「こちらこそ、その節はお世話になりました」

紋切り型の言葉が返ってきた。

「もしかして、小堺が戻ってきたの？」

てっきりそう思って訊くと、

「そんなわけないでしょ」

珠美はそっけなく返してくる。

「いやに突っ慳貪だね。どうしたの？」

「いろいろ揉めてるのよ」

今度はため息まじりの声になった。

「何が？」

「離婚の話し合いに決まってるでしょう」

「なんだ、ほんとにきみたち別れることになったんだ」

「何言ってるのよ。芹澤さんが母を焚き付けたんじゃない」

「お母さん？」

「そうよ。芹澤さんと会ったあとから、あの人、離婚しろってすごくって」

「そんなの僕のせいじゃないよ」

「あなたのせいよ。そもそもあなたが小堺をクビにしなきゃこんなことにはならなかったんだもの」

私は取り合わずに、しばしだんまりを決め込んだ。

「どうしたの？　私に何か用？」

珠美の方から訊いてきた。

「実はきみに折り入ってお願いしたいことがあってね」

私はさっそく用件を伝える。

二日後、珠美と飯田橋の駅で待ち合わせた。

梅雨明けの発表はまだだったが、この日はまるで真夏のように明るい日差しが照りつけていた。約束の午前十時には気温も三十度近くまで上がっていた。

営業車で迎えに来てくれた担当の氏家さんの案内で四つの物件を見て回った。氏家さんには珠美のことを婚約者だと伝えていた。

「おきれいな方ですね」

並んで歩いていると氏家さんが耳打ちしてくる。

「おかげさまで」

珠美にも「一応婚約者ということにしてくれないか」と依頼し、了解を取り付けてあった。彼女は氏家さんと顔を合わせたとたん、「今日はよろしくお願いいたします」としおらしく頭を下げていた。

二時間ほどで全部の物件を内覧し、十二時過ぎには神楽坂下の交差点で解散となった。平日の昼餉（ひるげ）時とあって神楽坂は大勢の人でごった返している。

「夏みたいな陽気だし、うなぎでもどう？」

「いいわね」

珠美もすぐに乗ってきた。

坂を上ってすぐの場所にあるうなぎ屋に入った。ここは昼時でも比較的空(す)いている店だが味は悪くない。すんなりと二階のテーブル席に案内される。

うな重を二人前とビールを注文した。

冷えたビールで乾杯した。

「悪かったね、こんなことで呼び出したりして」

私が言うと、

「別にいいわよ。ひまだったし、気分転換にもなるから」

「そう言ってもらえると嬉(うれ)しいけど」

二人とも一杯目をすぐに飲み干してしまい、二つのコップに私が二杯目を注いだ。

「もう一本、どう？」

「そうね」

というわけで、二本目を仲居さんに頼む。

「で、どうするの？」

やや身を乗り出すようにして珠美が訊いてきた。

「どうするって？」

「今日の四つが候補なんでしょう」

そのことか、と私は思った。

「どれに決めるの？」

「きみだったらどうする？」

さきほどまでの様子を思い出すに、珠美が一番好印象を持ったのは九段下のマンションだったと思う。私も同じ感想だ。価格は七千二百万円。築十七年だが管理が行き届き、広さも七十平米を超えていた。二十二階建ての十九階。角部屋で見晴らしも上々だった。

「正直に言っていい？」

　珠美は少し痩せたような気がした。細い顔がさらに細くなって、大きな瞳がさらに大きくなっている。こうして見れば、母親の虹子によく似ていた。

「私だったら家なんて買わないな」

　意外なセリフが飛び出す。

「結婚もしてないのに家を持つなんて馬鹿(ばか)みたいじゃない？　誰かそういう相手がいるならいいけど、芹澤さん、そんな人いないでしょう」

「そうは言っても失業の身じゃあ、部屋を借りるのもなかなか難しいからね」

「そんなことないわよ。お金は持ってるんだもの」

「ずっと借家暮らしってわけにもいかないだろ」

「だけど、お母様の家だってあるでしょう。引退したらその家に住めるじゃない」

「おふくろはいまは逗子に住んでるんだ。そっちにでっかいアトリエを建てて内弟子たちと合宿生活だよ。そこはいずれ記念館にするらしくてね、僕にはまったく無縁の場所なんだ」

「じゃあ、芹澤さんって、もう働くつもりはないの？」

「そういうわけじゃないけどね」

「だったら、転居するにしてもとりあえずは賃貸にして、家を買うのは仕事を再開してからにすればいいんじゃないの」

「まあ、そう言われればそうだけどね」

「大金出してマンション買うくらいなら、自分の会社でも作った方がよっぽどましだと思うけどな」

「自分の会社ねえ……」

ちょうどそこへうな重が届いた。二本目のビールもほとんど空になっている。

「もう一本頼もうか」

重箱のふたを開けている珠美に言うと、彼女は首を横に振った。

二人ともうな重に箸を入れる。

「おいしいわ」

珠美がうっとりとした声を出した。

「家を買うにしても、不動産のことなら私に相談してよ。東京中の不動産屋が小堺家のためなら犯罪以外のことは何でもしてくれるんだから」

ほんのり頰を染め、いかにも人の好さそうな表情で言う。いままで見たことのない顔だと感じた。

「だけど、きみはもう小堺家の一員じゃなくなるんだろ」

「それはそうだけど、たとえ離婚したって、あなたの家探しくらいなら幾らでも小堺にやらせるわよ」

事もなげに彼女は言った。

@

釈尊(しゃくそん)は妻子を捨てて悟りの道へと踏み出し、自らの弟子たちに妻帯を禁じた。もちろん子供を持つことも許さなかったし、殺生(せっしょう)全般への忌避から肉食さえも好ましいものとは考えなかった。イエス・キリストの場合は自身が妻を娶(めと)っていないし、子供ももうけていない。彼も弟子たちに妻帯を禁じている。そのため現代でもカトリックの神父は独身を通さねばならず、修道士は童貞をもって本分としている。

この世界で最大の尊崇を集めている二人が性交渉を拒絶し、人類の存続を全否定しているのは驚くべき真実だと私はずっと思ってきた。

もしも彼らの教えを忠実に守っていたならば、とっくの昔に人類は絶滅していたに違いない。

そういった意味で、釈尊やキリストの教えは人類にとってたぐいまれなる危険思想と呼んでもいいだろう。その破壊力は、マルクス・レーニン主義やイスラム原理主義、白人至上主義などの比ではなく、本来であれば我々が真っ先に宣伝、流布を禁じ、弾圧の対象とすべきものなのかもしれない。

しかし、私たちはそんなことは一切していない。

僧侶や神父を人類の敵と見なす風潮はないし、寺院や教会を人類絶滅計画を推し進めるテロリストたちのアジトだと考えている人間はほとんどいないだろう。

要するに、釈尊やキリストの教えの核心部分に私たちはきれいに目をつぶり、自分たちに都合のいい言葉だけを適当につまみ食いして、それで自らを慰めているに過ぎないのだ。

それはそれで仕方のないことだと私は思う。

ただ、そうした現実とは別のところで、釈尊やキリストがなぜ人類滅亡に直結するような教えを人々に説いたのか、その理由をもっと真剣に考えるべきではないかと感じている。

釈尊やキリストは本当に人類滅亡を願っていたのだろうか？

もしそうだとすれば、彼らはなぜそんなことを望んだのか？

たとえば人類がもたらす環境破壊はいまや修復不能なものとなりつつある。人間同士が繰り返してきた戦争も、次の世界大戦が勃発すれば、先の大戦をはるかに凌ぐ圧倒的な規模となるに違いない。超大国間で核兵器が使用されれば、人類が絶滅に至るだけでなく、地球全体が放射能で汚染される。「核の冬」によって生態系は不可逆的な破壊に見舞われることになるだろう。

釈尊やキリストは、そうした人間自身の手による人類絶滅や生態系の破壊がいずれ起きることを予知していたのだろうか？

だからこそ、セックスや婚姻を禁じたのか？

それとも、仮に自らの教えによって人類の繁殖がストップしたとしても、それでも同じ時代を生きるひとりひとりの安心立命のために法や神意を伝えるべきだと彼らは判断したのか？

私のような男にその問いに答える力などあるはずもないが、ただ、それでも一つだけ言い得るのは、少なくとも釈尊やキリストは、セックスや結婚を人生にとって重要なものだとはまったく見做していなかったということだ。

彼らにとっての生殖は、煩悩の種を蒔き、地上に災いを加える罪深いもので、決して祝福されるべきものではなかっただろう。

私たちは、友人、知人が子供を作ると「おめでとう」と必ず口にするが、それは仏教やキリスト教の観点に立つならば甚だしくお門違いのセリフということになる。同様に、釈尊やキリストの前で結婚の誓いを立てることもまた、恐ろしく矛盾に満ちた行為と言わざるを得ないだろう。

@

梅雨が明けて間もなくのある日、友人の里中（さとなか）から電話が入った。

「久しぶりだな。帰って来たのか？」

私は言った。

リオデジャネイロに赴任する彼のための送別会を大学時代の仲間たちと六本木でやったのがちょうど二年前。それからはメールのやりとりを何度かしたくらいだった。

「いや。ちょっと大きな案件を扱っていて、あれやこれやこっちで折衝しなくてはいけなくてね。先週戻ってきたが、明後日（あさって）にはリオに帰るよ」

里中は重電メーカーでずっと大型発電機の商売を手がけている。いまは南米本社の社長を任されていた。妻子は東京に置いて、リオには単身で赴任している。

「じゃあ、今夜か明日にでも一杯どうだ？」

「ありがとう。ただ、今回は時間がない。次はもっと早くに連絡するよ」

「そうか……」

だったらなぜ電話してきたのだろう、と訝しかった。東京にはたまに戻っているはずだが、いままで一度もこんなふうに電話をくれたことはなかった。

「奥野が入院してるの知ってるか？」

里中が言った。

「入院？」

「俺も、昨日たまたま吉村と会って、そしたら吉村が言ってたんだ」

吉村も同じ映画サークルのメンバーの一人だった。里中と吉村は日比谷高校からの同級生だ。

「聞いてないな」

入院という言葉に嫌な予感がした。もう何年も会っていない奥野の顔が脳裏に浮かんだ。

「吉村の話だと、かなり悪いらしいよ。胆管がんだそうだ。成宮も相当憔悴してたって言ってた」

私は何も言えずに黙り込んだ。奥野は私にとって数少ない親友のひとりだった。いまではほとんど連絡を取ることもなくなっているが、それも親友ならではという気がしていた。向こうも気持ちは同じだろう。

「俺のところには何も言ってきていない」

「成宮からも？」

「もちろん」

奥野の顔の向こうに成宮の顔も浮かんでいる。

「お前は見舞いに行ったのか」

「いや。どうしようもなく時間がない。吉村は少し前に行ったそうだ。とても奥野とは思えないほど痩せていたらしい」

「K大病院だよな」

「うん」

奥野は医者だった。杉並で開業しているが、入院するなら我が母校の病院に決まっている。

「一度、行ってやってくれよ。あいつ芹澤には会いたいと思ってるだろうから」

「分かった」

「じゃあ。今度は必ず連絡するよ」

そう言って、里中は自分から電話を切った。

携帯を充電器につなぎ、私はダイニングテーブルの前の椅子（いす）に座った。カーテンを閉め忘れたベランダ窓の向こうはいつの間にか薄墨色（うすずみいろ）に翳（かげ）っている。掛け時計の針は午後七時を回ったところだ。

奥野が死ぬのか……。

と思った。

最後に会ったのはいつだろうか、と次に思う。うまく思い出せなかった。役員になったとき成宮と二人で祝ってくれた。あれが最後だったのではないか。

よくもまあ、こんなに長い時間、連絡一つ取り合わずにいたものだ……。

我ながら呆れるような心地になった。学生時代はあれほど深い付き合いだったというのに。里中と吉村以上に、私と奥野光男は仲が良かった。大学の映画サークルで出会い、ゆるいサークルだったにもかかわらず、私たちは案外真剣に映画製作に取り組んだ。奥野が脚本を書き、里中が演出を担当し、吉村がカメラを回した。ホームビデオが普及するはるか以前、八ミリフィルム時代の話だ。私は手先の器用さを買われて小道具、大道具の真似事をしていた。母の血を引いたのか子供の頃から図画工作は得意だったのだ。

大きなフィルムフェスティバルに応募して入選を果たしたこともあった。

一番熱心だったのは医学生の奥野だった。入選するような作品を撮ることができたのもひとえに奥野の脚本が素晴らしかったからだ。

成宮汐里は、私たちの映画の不動の主演女優だった。里中の恋人の高校時代の同級生で、渋谷にある女子大に通っていた。里中と奥野は別にして、私と吉村が映画製作に熱心でいられたのは成宮がいたからだった。

まず吉村があっさりとふられ、次に私が成宮にふられた。

成宮は男たちから言い寄られるのに飽き飽きしていた。「一回ルール」というのを自らに課していて、そんなに悪くないと思った相手とは一度は必ずデートすると決めているのだと二度目の誘いを入れたときに言われた。「だから、ごめんなさい」と。

成宮は誰かに好かれるのではなく、誰かを好きになるのを欲していたのだ。そのことに気づいていながら彼女への好意を秘匿できなかった私は未熟だった。

一年ほどして奥野が彼女と付き合いだしたときは身悶えしそうな嫉妬に駆られた。ただ、奥野にしてやられたとは思わなかった。彼は成宮のことなんて最初から何とも思っていなかった。彼がやりたかったのは映画製作で、彼女を作ることではなかったのだ。

成宮の方が奥野を好きになったのは明らかだった。

私と奥野との付き合いは何も変わらなかった。私は自らの嫉妬心を徹底的に封印し、理不尽なほどに抑え込まれたその嫉妬心はやがてすっかり干からびて見る影もなくなってしまった。

研修医となった奥野と成宮が結婚した頃には、私も就職し、件(くだん)の人妻とも知り合っていた。もう成宮のことは思い出すこともなく、学生時代のように奥野とつるむこともなかった。加速度をつけて奥野や成宮の存在は私から遠くなっていったのだ。

ネットで調べると奥野の病気の治癒成績は芳(かんば)しくなかった。とはいえ、がんというのは奇妙な病気で、私の知り合いにも末期がんの宣告を受けながら生還した人が何人かいるし、何度も再発を繰り返しながら二十年も生きている人もいた。

奥野がそういう例外的な患者になる可能性だって十分にあった。里中には申し訳なかったが、私は奥野に会いに行くのは控えることに決めた。

大学を出てからの三十年近く、私は奥野のことも成宮のことも何も知らないに等しかった。二人のあいだには二人だけの長い時間の堆積(たいせき)がある。それなのに自分がのこのこ出かけて行って、重い病で気弱になっているだろう奥野を懐旧(かいきゅう)の情に浸らせるのは気がすすまなかった。それは、彼らの三十年を冒瀆(ぼうとく)する行為のような気がした。

人間は最後まで前を向いていた方がいい。振り返ると、そこには後悔や懺悔が大きな口を開けて我々を飲み込まんと待ち構えている。だが、死が間近に迫った場所で、来し方を嘆いたり反省したりするほど無意味なことはない。善きことも悪しきことも、すべてが死によってきれいに清算されてしまうのだから。

会いたければ、向こうから連絡があるだろう。それまでは知らぬ存ぜぬで通すのが一番しっくりしていると私は思ったのだった。

@

奥野の死を知らせてきたのは吉村だった。

里中から電話を貰って一ヵ月も経っていなかった。私は、二日前に神楽坂の賃貸マンションに引っ越したばかりで、まだ部屋中が段ボール箱で埋まっていた。

通夜が明日、葬儀が明後日に決まったという。

「通夜と葬式は荻窪にある奥野家の菩提寺でやるそうだ。地図はメールしておくよ」

吉村は淡々とした口調で言った。

「奥野は一度、家に帰れるのかな？」

と訊ねると、

「さあ、どうだろうな。この暑さだし、そのままお寺に直行かもしれないな」

吉村は気のないふうに答えると「じゃあ、明日」と言ってそそくさと通話を打ち切った。

私が見舞いに行かなかったのを不満に思っているのかもしれない。彼は昔から義理堅い性分だったから、おそらくは何度か奥野の病室を訪ねたに違いなかった。

奥野は今朝七時過ぎに死んだという。まだ五時間しか経っていなかった。

ここは奥野がいなくなって五時間後の世界か、と思う。

奥野の誕生日は私の誕生日より三ヵ月ほど早かったから、私は生まれてこのかたずっと「奥野と私が存在する世界」で暮らしてきた。それが五時間前に「奥野が死に、私だけが存在する世界」に変化した。その事実を五時間後のいま、吉村からの電話で知らされたというわけだった。

別に知らせてくれなくともよかったのに、と思った。

奥野が死んだことなど別に知りたくなかったし、知らなければ、私はこれからも「奥野と私が存在する世界」にずっと居続けることができたのだ。

人の死は誰にも知らせなくていいと私は思っている。葬儀のたぐいもごくごく内輪で済ませればいいのではないか。

さらに言うならば、人間が死ぬという事実そのものを私たちは知らないままでも構わないような気がする。構わないどころか、「死」というものを知らずに生きた方がよほどこの人生を有意義に送れるのではないかと密（ひそ）かに考えているのだった。

もしも、私たちが「死」を知らなかったらどうなるだろう？

祖父母も両親も兄姉も、そして奥野のような親友も、ある日、どこかへ行ってしまう。ただ、それは決して死んでしまったわけではなくて文字通り「いなくなった」だけなのだ。彼らはどこかでそれまでと同じように暮らしている。そして、私たちはもはや彼らと会ったり話したりすることができない。そこはもう諦めるしかない。

通夜や葬儀など行なわず、死体を見ることもなく、墓も供養も一切合切省略してしまう。訃報や死亡通知もなく、親しい人の死を看取ることも極力避ける。「臨終」に絡む作業は民間業者や政府機関にすべて任せ切ってしまう。

そういう社会が実現すれば、この世界はもっと平和で安らかな場所になるのではなかろうか？

ちょっと想像してほしい。

死んだ人全員が小学校時代の担任の先生のような存在として認識されている世界に、この世界が変わったとしたら……。

私が小学生だったときの担任は塚田先生、原口先生、上野先生の三人だった。塚田先生は当時四十過ぎくらい、原口先生は三十代前半、上野先生は担任後すぐに教頭に昇格したから五十近かっただろう。爾来四十有余年、存命ならば塚田先生が八十五くらい、原口先生が七十五くらい、上野先生はとっくに九十を超えているだろう。

女性の原口先生は健在かとも思うが、塚田、上野両教諭はすでに亡くなっている気がする。しかし、それはあくまで「気がする」であって確実な情報ではない。そんなふうにいつまでたっても確実でない状態が、祖父母や両親、兄や姉の場合もえんえんと続いていく——世界をそのように作り変え、死があくまで曖昧なもののままであるとしたら、私たちは死の恐怖から解放されるのではないか？　親しい人間の死だけでなく自分自身の死の恐怖からも自由になれるのではないか？

　死の恐怖の希薄な世界に殺戮や戦争は根付かない。

　仲間同士での殺し合いを滅多にしない動物たちの姿を見ていれば、そのことは明白と言っていい。動物たちにとっての死は、自分自身や仲間の「突然の不在」でしかなく、おそらく彼らは死をほとんど恐れていないと私は思う。

　痛みに襲われ息苦しさに喘ぐ今際の際にあって、彼らはその痛みや息苦しさからの解放を願ったとしても、その先にある死に絶望したりはしないだろう。

死を迎えたとき、肉体の苦痛をはるかに凌ぐ精神的苦痛にさいなまれるのは、私たち人間だけなのだ。

@

吉村からの電話の後、私は昼食をとるために外に出た。

盆休みを過ぎても日差しは一向に弱まらず、暑さは尚更(なおさら)に度合いを増していた。帽子や日傘を忘れると髪の毛を焦(こ)がしそうなほどの強い太陽光が降り注いでいた。

時刻は十二時半を回ったところだ。

新居の住所は若宮町だったが、神楽坂の商店街まで歩いて五分もかからない。アグネスホテルのちょうど向かい側のマンションで、絶好の立地だった。

部屋を見つけてくれたのは珠美だった。内覧のあとすぐに懇意にしている不動産業者に連絡を入れ、氏家さんの顔を潰さない形をととのえた上でこの物件を見つけさせたのだった。広さ七十五平米の分譲賃貸で、しかし、家賃は相場よりかなり安かった。世田谷の大地主たる小堺家の実力を垣間見た思いがしたものだ。

「最後は小堺が話をつけてくれたのよ。あの人、芹澤さんのためなら何でもするって」

と珠美は言っていた。

「神楽坂上」の交差点に向かって少し坂を上り、一度入ってみたかった中華料理店ののれんをくぐる。

二人掛けのテーブルに陣取り、麻婆豆腐定食とシュウマイ、それと瓶ビールを注文した。「コップを二つ」と言うと店員は怪訝な目つきになったがその通りに持って来てくれた。突き出しは小皿に山盛りのザーサイだった。

テーブルに差し向かいでコップを置く。向かいのコップから順にビールを注いだ。

「奥野、行ってらっしゃい」

心の中で呟いて自分のコップを持ち上げ、ビールを一息で飲み干した。

奥野は長い旅行に出たのだと考える。二度と再び会うことはないが、これまで同様に彼は彼の道を歩み、私は私の道を歩む。

それでいいのだと思った。

店を出て散歩がてら商店街をぶらぶらしているとほろ酔い加減があっという間に消えていった。全身から汗が吹き出し、アルコール分が蒸発していく。日陰を探して脇道(わきみち)に入るとオープンエアの喫茶店があったので大きなパラソルの下の席に座ってアイスティーを頼んだ。風はなかったが、空気は乾いている。日差しを避けると暑さはだいぶ凌ぎやすくなった。

短パンのポケットから携帯を取り出し、珠美の番号を呼び出して通話ボタンを押した。電話に出た彼女に、明日の約束をキャンセルさせてほしいと頼む。

「もちろん構わないけど……」

珠美は少しがっかりした声になった。

「申し訳ない。大学時代の友達が死んで、明日がお通夜なんだ」

「そうだったの。それはご愁傷さま」

明日の夕方、彼女が新居を訪ねてくることになっていた。引越しを手伝うというのは断り、部屋を見つけてくれた御礼に食事をご馳走すると約束していた。

「芹澤さんは大丈夫？」

珠美が訊いてくる。

「何が？」

「だから、お友達が亡くなって気落ちしてない？」

「どうかな。さっき死んだって聞いたばかりだからね」

腕時計の針は一時半になっている。ここは奥野がいなくなって六時間半後の世界だった。

「お葬式は明後日？」

「ああ」

「行くんでしょう？」

「もちろん」

「誰かと一緒にいたくなったらいつでも電話してきてね。明日でも明後日でも」

その珠美の言葉を耳にしたとたん、私は急に泣きたいような気持になった。どうしてそんなふうになったのか不思議だったが、それでも鼻の奥がツンとして瞳の表面に涙が集まってくるのが分かった。

一つ咳払いをくれて、

「ほんとは通夜にも葬式にも出たくないんだけどね」

と言った。声は普通に出せる。

「芹澤さんは今日は空いてないの？」

ややあって珠美が訊いてくる。

「空いてるよ」

「だったら、一緒に晩御飯でも食べましょうよ。私がそっちに行くから」

「だけど、まだ全然片付いていないんだよね」

「別にお部屋に行かなくてもいいわ。どこかで待ち合わせればいいでしょう」

私は、どうしようか迷った。

奥野の死を知らされて心に動揺があるのは事実だった。

今夜はひとりでいたくないという気分もある。

奥野の死から逃れるにはどちらが有効なのか判断がつかなかった。

ひとりでいる方が彼の死に囚（とら）われ続けるのか、それとも誰かと会うことで気分を変えようとすればするほど奥野の死が逆に際立ってしまうのか……。

逡巡（しゅんじゅん）した場合は基本線を守ることにしている。

「ありがとう。でも、今夜は遠慮しておくよ」

と私は言った。

@

通夜の席ではろくに話すこともできなかったが、火葬場で奥野が骨になるのを待っているあいだ、成宮や吉村と少しゆっくり話すことができた。

「芹澤、仕事辞めたんだって？」

吉村にいきなり言われたときは驚いた。「どうして知ってるんだ」とも言えず、「まあ、いろいろあってね」とぼんやり答えるしかなかった。

「これからどうするつもりだ？」

都庁でいまや幹部職員の吉村は、私が奥野の見舞いに行かなかったのも失職が一因だと思い込んでいるようだった。

「失業保険が切れるまでには何とかするよ」

このままだらだらしていたい、などと本音を言えばすかさず説教を食らいそうで、そう答えていた。実は失業保険の申請にも行っていなかった。

成宮によれば、奥野の病気はあっという間に深刻化したのだという。

「がんが見つかったのが四月なの。それまでは何ともなかったのよ、ほんとうに」といまでも狐（きつね）につままれたような感じであるらしい。奥野も口癖のように、

「こんなのあり得ないよな」

と呟いていたという。

闘病生活が短かったためだろうか、成宮はさほどやつれていなかった。涙もあまり見せず、この現実がいまだうまく受け止められない様子だった。

五十歳に手がかかるとはいえ、白い花のようなその美しさは変わっていなかった。子供を産んでいないせいか実年齢よりぐんと若く見える。若々しい成宮を眺め、この先の彼女にとって奥野と暮らした三十年近くの歳月は一体どのような意味を持つのだろうかと考えざるを得なかった。

奥野の死に方は聞けば聞くほどまるで事故死のように思えた。

「こんなのあり得ないよな」

と呟く奥野の顔と声が私の意識の中でありありとしたイメージを結んだ。

だが、その顔も声も、元気な頃の奥野のそれだった。

棺の中の彼はガリガリに痩せ細り、まるで別人のように見えた。

見舞いに行かなくてよかったとつくづく感じたし、棺を覗くような真似もしなければよかったといささか後悔した。

奥野の両親はすでに亡くなっていたので、彼の身内は妹夫婦と姪っ子一人きりだった。成宮の方は二親とも健在で、通夜、葬儀のときもずっと娘に寄り添っていた。そういう光景が尚更に成宮を若く見せていたような気がする。

奥野の骨を拾ったあと、私は菩提寺での初七日は断って火葬場をあとにした。

「落ち着いたら飯でも食おうよ。俺も仕事を辞めて暇を持て余してるし、何か役に立てることがあったら何でもするよ」

去り際に成宮に言うと、

「ありがとう」

彼女は、はにかむような笑みを浮かべた。私は何か付け加えるべき言葉があるような気がしたがすぐには浮かんでこなかった。

見舞いに行かなくて悪かったな。奥野はさみしがっていなかったかな。成宮はどうして俺に連絡してこなかったんだ？　奥野があんまり痩せちまってて悲しいったらないよ……。

どれも違うような気がした。

呼んでおいたタクシーが来て、私は乗り込んだ。成宮は車が火葬場の門をくぐるまでずっと玄関で見送ってくれていた。

部屋に戻ったのは四時過ぎだった。暑さがひどくて寄り道する気にもならなかった。

室内は段ボール箱で溢（あふ）れ返っている。奥野の訃報が届いてからは片づけの手が止まってしまっていた。

シャワーで線香のにおいを洗い流し、缶ビールを一本飲んで、壁際に置いたソファに横になる。

ついさっき奥野の骨を拾ってきたのが嘘（うそ）のようだった。

世界は何事もなかったように私の外側に広がっている。火葬場では、成宮にとってこの三十年は一体何だったのかと考えたが、いまは、奥野にとっての五十年の人生とは一体何だったのかと考えた。

奥野という人間は、何のために生まれ、何のために生きたのだろうか？

医師となって患者の病と向き合うため、成宮と結婚して彼女の生活を支えていくため……。

他にも幾つかあるのだろうが、私には思いつかなかった。

ただ、若い頃、奥野が医師ではなく映画監督や脚本家になりたかったのは知っている。私たち四人の中で、彼ひとりが本気で映画製作者を目指していた。

彼は、勉強の合間を縫って渋谷のシナリオ学校にも通っていた。

こんなことなら、と私は思う。

こんなに早く死ぬ運命なら、医者にはならずに映画の仕事を見つければよかったのではないか……。当時も今も映画で飯を食うなんて雲を摑(つか)むような話かもしれないが、それでも諦めさえしなければ、何かしら映画に関わる職にはありつけた気がする。少なくとも、奥野であればきっと実現できただろう。

なぜ奥野は映画の道を諦めてしまったのか？

成宮と付き合うようになって、彼と二人きりで会う回数は一気に減ってしまった。

奥野が医師へと大きく舵(かじ)を切ったのはその頃だったから、私には変心の理由はよく分からなかった。

研修医となって二年目に、彼はアメリカに留学した。成宮と結婚し

たのはその直前だった。留学先はカリフォルニア大学ロサンゼルス校で、

「ロスに行くんじゃないよ。ハリウッドに行くんだ」

と送別会の席で彼ははしゃいでいた。

「奥野はまだ映画の夢が忘れられないのか？」

成宮に訊ねると、

「さあ、どうかしら」

彼女はただ笑みを浮かべただけだった。

二年後に帰国したときには、奥野の顔はすっかり医者の顔になっていた。

いまさら何を言っても意味はないが、奥野はやっぱり映画の世界へ

進むべきだったと私は思う。

もしも、いまの私が時間を遡り、学生時代の奥野に会うことができたなら、何が何でもそうするように彼を説得するだろう。

「残念だけど、お前の人生はあと三十年足らずなんだ。だから、本当にやりたいことをやらなければきっと後悔する」

そう言って、今日の葬儀の様子を詳しく語って聞かせるだろう。

@

目を開けてみると部屋の中が暗くなっていた。

いつの間にかソファで眠ってしまったようだ。上体を起こしてベランダの方を見る。窓の向こうには薄闇が広がっていた。

冷房をつけたままだったがさほど室内は冷えていない。荷物を整理しないと冷気も上手に巡ってくれないようだ。

明かりを灯し、ダイニングテーブルに置いた掛け時計の針を読んだ。

七時五分前だった。

空腹を感ずる。

親友の骨を拾った日でもちゃんと腹は減る。

父を見送った日も食べたし、在実が死んだ日も、私は何か食べたに違いなかった。

ソファから立ち上がったところで携帯の着信音が鳴り始める。

サイドボードの上のそれを取り上げた。発信人は珠美だった。

「もしもし」

寝ていたからか嗄れ声になっている。

「お葬式、無事に終わったの？」

「ああ」

「いま、おうち？」

「そうだよ。まだ全然片づいてないけどね。さっきまで眠ってた」

「だから声がヘンなのね」

「かもしれない」

「今夜は空いてる？」

「予定はないよ。とにかくこの段ボールの山を何とかしないとね」

「だったら晩御飯でも一緒に食べましょうよ」

珠美なりに気を遣ってくれているのは確かだった。

私も彼女の顔が見たくなってきた。

「そうしてくれるとありがたいけど」

「私の方もいろいろ話したいことがあるのよ」

「そうなんだ」

「じゃあ、いまそっちに行くから」

と言って電話を切ろうとする。

「きみ、いまどこなの？」

「芹澤さんのマンションの前よ。とってもいいところじゃない」

電話の向こうでくすくす笑いが聞こえた。

玄関に上がるなり、珠美は室内を一巡りし、それからリビングに積み上げられた段ボール箱を次々と開封しはじめた。中の物を取り出し、サイドボードや本棚にどんどん収納していく。余りの手際よさに黙って作業を見守るしかなかった。

一時間もしないうちに、リビングの荷物が片付き、畳まれた十数枚の段ボール箱がきれいに結束されて壁際に立てかけられていた。

「じゃあ、御飯でも食べに行きましょう。帰ったら他の部屋もやるから」

「うん」

まるで手品を見せられているようで、ただ頷くしかなかった。

先日のうなぎ屋の二軒隣の割烹に案内した。外国から来た客をもてなすときにたまに使っていた店だった。

鱧づくしのコースを注文し、浦霞の純米吟醸で乾杯した。

「ここの鱧は淡路産を使ってるから、よそのとは一味も二味も違うんだ」

と言うと、

「芹澤さんって長いものが好きなのね」

珠美が面白そうに言う。最初は意味が分からなかったが、そう言えば鰻（うなぎ）の次が鱧というのは興がなさ過ぎだったかと気づく。

「鱧は苦手だった？」

「そんなことないけど、鱧づくしなんて初めてだわ」

「きみたちは子供がいなかったんだから、夫婦でしょっちゅう食べ歩いていたんじゃないの」

「それがそうでもないのよ。小堺は家で御飯を食べたがる人だったから」

「そうなの？」

「根っから地味な人なのよね。ていうか、いなかの土地持ちって堅実なの。彼のご両親もお兄さん一家もみんなそう」

「だったら金が余って仕方がないだろ」

「それが一番の贅沢だって思ってるのよ、ああいう人たちは」

「なるほど」

喋りながら珠美はすいすい盃を空にしていく。浦霞のすっきりとした喉越しが気に入ったようだった。

「今夜はよく飲むね」

冷やかすと、

「飲まなきゃやってられないもの」

盃を置いて、彼女は真(ま)っ直(す)ぐに私を見た。

「何かイヤなことでもあった？」

そういえば電話でも「いろいろ話したいことがある」と言っていた。

「イヤなことというよりとんでもないことがあったわ」

「とんでもないことって？」

そこで先付(さきづけ)の鱧の煮こごりと八寸(はっすん)が届いた。八寸は鱧寿司(ずし)と鱧の香り揚げ、それに鱧子の卵とじ。まさしく鱧づくしだった。

煮こごりを一口食べて「おいしー」と珠美が声を上げる。

私は女性にうまいものをご馳走するのが好きだった。その相手が彼女や恋人でなくてもまったく構わなかった。味の良い店を見つけると、必ず部下の女性たちを連れて行って奢ってやった。女性がおいしそうにものを食べる姿を見ると気持ちが安らいでくる。

「で、何なの、そのとんでもないことって」

箸を動かす珠美に向かって同じ質問をする。

「小堺が大怪我しちゃったのよ」

口をへの字にして珠美が言った。

「大怪我？」

「そう。左肩を脱臼して、右の足首も骨折。おまけに全身打撲」

いかにもうんざりといったその表情に違和感が募る。幾ら離婚寸前の相手とはいえ、曲がりなりにも小堺は彼女の夫なのだ。

「交通事故？」

そんな大怪我となると一番あり得るのはそれだろう。

「じゃないのよ」

珠美は鱧寿司を口に放り込んだあと肩をすくめてみせる。

「篠沢玲香の元のだんなと大喧嘩になったみたいなのよ。アパートの階段のところで取っ組み合いをやって、それで二人で団子になって階段から転げ落ちたらしいのよ」

「えー」

さすがに私も呆気にとられてしまう。

「元だんなの方も手だか足だか骨折する大怪我だったんだけど、小堺の方が重傷だったってわけ。いきなり病院から連絡が来て、慌てて駆けつけてみたら手と足を吊るされた小堺が顔を腫らしてベッドに寝てるんだもの。マンガみたいで、かける言葉も見つからないって感じだったわね」

何とも感想の言いようがない。

「で、警察沙汰になったの？」

「もちろんよ。その元だんな、ドアの前で待ち伏せしてて小堺たちに躍りかかったっていうんだもの。男二人が階段から落ちるのを見て、彼女が１１０番したらしいわ」

「それで？」

「警察と救急が駆けつけて一時騒然となったみたいよ。両方とも病院に運ばれて、元だんなの方は退院次第、傷害容疑で逮捕されるんだって」

「じゃあ、小堺はまだ入院中？　ていうかそれいつの話なの？」

「昨日」

「昨日！」

珠美が駄々っ子の表情になって首を折るように頷く。その顔に記憶の中の在実の面影が重なっていく。

「病院に行ったら、彼女が小堺に付き添っていて、私の顔を見た途端に涙こぼして土下座しようとするんだよ……」

そう言って珠美はため息をついた。

鱧の湯引きと焼き霜造りが出てきた。梅だれにつけて食べると絶品だった。

「小堺も、迷惑かけてすまないって平謝りなのよ。彼女が悪いんじゃない、全部自分のせいだなんて言っちゃって、相変わらずお人好しなのよね。だけど、襲いかかってきたのは彼女の元だんななんだから、悪いのは彼女に決まってるじゃない」

「まあね。ただ、彼にも責任の一端がないとは言えないだろう」

「それはそうだけど」

「そういう物言いからして、やっぱりまだ彼に未練があるんだな」

奥野の通夜と葬儀でさすがに疲れが溜まっているのか、酒の巡りが異常に早い。その分、言葉の抑制が利かなくなってきていた。

「そうかしら。でも、私としては、もうさよならって感じかな」

「本気でやり直したいのなら、ちゃんと気持ちを彼に伝えるべきだと思うけどね。戻ってくれってきみの方から頭を下げたって罰は当たらないんじゃないの」

私の言葉に、珠美はしばらく無言だった。黙々と酒をすすっている。

「なんだかね……」

大ぶりの盃を目の前にかざしながら彼女は言った。

「あの篠沢玲香って人のことを見ていたらいじらしくなったのよね。一番悪いのは小堺のはずなのに、結局、女同士でいがみ合ってるわけで、そんなの馬鹿（ばか）みたいだって思ったの。私たち女っていつも仲間割ればかりしてるでしょう。男のことでもお金のことでも子供のことでも、それに仕事のことでもね。結局、小さなことに対する執着が強すぎるのよ。視力のいい人みたいに近くのものが見え過ぎて、遠くを見る習慣が身についていないのかもしれない。そういうのを自分はそろそろやめなきゃって、昨日はつくづく思ったの」

「それは当たってると思うね。小堺はそれほどの男じゃないし、子供を望まないならきみにとっての結婚はさほど重要なものじゃないよ。女性が仲間割れするのは、男に比べると若い時期に時間がなさすぎるのと、容姿という生まれながらの絶対的格差のせいだろうけど、ただ、きみたち女性が団結していかないと、この男社会を変えるなんて到底不可能だと僕はいつも思うね」

「だけどねえ……」

空になった珠美の盃に私は酒を注ぐ。彼女の頬もほんのりと赤く染まっていた。

「その団結って発想が、どうしても私たち女には馴染(なじ)まない気がするんだよねえ」

珠美は呟くように言い、

「なんでだろうね？」

ところに問いかけてくる。

@

八月の終わりに引いた風邪がなかなか抜けなかった。

日曜日の夜中にいきなり三十九度を超える熱が出て、そんな高熱は何十年ぶりとあって近くの総合病院の救急外来に駆け込んだ。インフルエンザかもしれないと思ったのだ。検査の結果、夏風邪と分かり、熱は二日で下がった。ところが、熱が下がると同時に咳が出始め、これが思わぬしつこさで九月に入っても一向におさまらなかった。とにかくベッドに横になると咳が出る。酒を飲むと余計に出るので寝酒もならず、どうにか寝ついたとしても二時、三時になると目を覚ます。次第に喘息(ぜんそく)めいた症状に発展していった。

たまりかねて病院に出かけたのは九月半ばの金曜日のことだった。救急のときに作って貰った診察券があったので、同じ総合病院を受診した。

午前九時前に内科受付に顔を出したのだが、診察待ちの患者で待合スペースの長椅子はほぼ埋まっていた。一時間ほど待たされて診察室に入った。「念のためレントゲンを」という話になり、胸のレントゲンを撮られた。再度診察室に呼ばれたときはもう十一時近くになっていた。

肺に異常はなく、

「軽い気管支炎でしょうね。炎症止めと咳止めを出しておくので様子を見て下さい」

と言われて診察室を出た。

薬を受け取り、会計カウンターで支払いを済ませて病院玄関の方へ向かっていると、横合いから「芹澤常務」と不意に声を掛けられたのだった。

すぐそばに杖（つえ）を持った小堺史郎が立っていた。脇にはほっそりとした美しい女性が寄り添っている。

思わぬところで思わぬ人物に出くわし、私は一瞬言葉に詰まる。

「その節は、本当に申し訳ありませんでした」

杖を胸に抱いて小堺が深々と頭を下げてきた。一呼吸置いて隣の女性も身体(からだ)を二つ折りにした。

「きみがどうしてこんなところにいるの？」

私の言葉に小堺はゆっくりと顔を上げた。また一拍置いて、女性も上体を持ち上げる。

「実は先月、大怪我をしてしまいまして、いまは彼女の実家に身を寄せてるんです。今日は定期検査の日だったもので病院に来たんです」

律儀(りちぎ)に答え、小堺は慌てたように、

「すみません、紹介が遅れましたが、彼女が篠沢玲香さんです」

と言った。

「篠沢です。その節は大変な御迷惑をおかけしてしまい、お詫びの言葉もありません」

篠沢玲香は再び深く腰を折った。

「そんなに謝らないで下さい。もう僕は何とも思っていませんから」

小堺と玲香の姿を眺め、この二人はすでに何年も夫婦をやっているような趣があると感じた。珠美からは八月の末に「来月には離婚できそうなの」という電話を貰っていたが、もしかしたら正式に離婚が成立したのかもしれなかった。

「常務、お忙しいですか？」

小堺が言う。

「いや。僕もきみと一緒で失業中の身だからね」

「ちょっとその辺でお茶でもしませんか？」

「いいよ」

私の返事を聞くと小堺が玲香に目くばせする。

「芹澤常務、それでは私はお先に失礼させていただきます。またあらためてお詫びのご挨拶に上がりたいと思っております」

篠沢玲香は三度目のお辞儀をすると、そそくさと私たちの前から離れて行った。

「彼女が一緒でもよかったのに」

半分本音で私は言った。別れたただんなが付きまとったというのも彼女を見れば分からなくはない。顔立ちだけなら珠美の方が整っていたが、全身から匂い立つ色気のようなものは玲香の方が優っている気がした。

小堺のゆっくりした歩調に合わせて、まだまだ蒸し暑い街中を歩いた。道々、怪我の具合について訊ねた。脱臼した左肩はすっかりよくなったのだが、折れた右足首の状態がいま一つなのだと小堺は言った。

病院を出て五分ほどのところにスタバがあったので、そこに入った。どうしてもと言うので、会計は彼に任せた。アイスコーヒーをそれぞれ持って窓際の四人掛けのテーブル席に腰を落ち着ける。

「きみの怪我のことは珠美さんから聞いていたよ」

私が言うと、

「そうだったんですか」

さほど驚いた様子はなかった。

「僕たち離婚したんですよ」

「そう」

案の定と思う。

「今朝、届を出したというメールを彼女から貰いました」

「今朝？」

「はい」

ついさきほど離婚が成立したばかりというのにはちょっとびっくりした。

「病院で常務のお姿を見かけたときは、正直、驚きました」

それはそうだろう。

「篠沢さんの実家ってどのへんなの？」

少し話頭をずらしてみる。

「筑土（つくど）八幡（はちまん）様のちょうど裏手にある古い八百屋さんなんですよ」

筑土八幡ならあの病院から歩いて五分もかからない距離だった。

「先月の末に退院したんですが、小さい娘もいるんで彼女のアパートにそのまま戻るのも難しくて。それで全部引き払ってしばらくこっちに厄介になることにしたんです」

小さい娘というのが玲香と前夫とのあいだに生まれた子供のことだろう。篠沢玲香のアパートはたしか赤羽にあったはずだ。

「常務には何とお詫びを言っていいのか分かりません。あれきりご挨拶にも伺えず、ずっと心苦しく思っていました」

「もうそのことはいいよ。僕だって、きみに対しては謝っても済まないようなことをしたんだ。一緒に辞めたのは当然の判断だったと思ってる」

「本当にすみません。僕がどうかしていたんです」

「どうかしていたのは、僕も一緒だよ」

私は笑った。

「で、珠美さんはまだきみの家にいるの？」

「はい。経堂の家は彼女に譲ったんです」

「そうなんだ」

取るものはしっかり取ったということか、と思う。

「こんなことになってしまって、うちの両親とも相談して、彼女にはできるだけのことをしようという話になりまして……」

「じゃあ、いずれはさっきの人と一緒になるつもりなの？」

「はい。できればそうしたいと思っています」

「仕事は？」

「いまは玲香が派遣で働いてくれてるんですが、僕もこの足が治ったら探すつもりです」

「そう」

「常務はこれからどうされるんですか？」

「まだ全然考えてないよ。どうせ独り身だしね。何かしらやっていけるとは思ってるんだけど」

「起業されるって聞きましたが」

「誰に？」

「珠美が言っていました」

「そんなはっきりした話はしてないけどね」

「僕は、常務はトップにふさわしい人だとずっと思っていました。あの会社にいらっしゃれば間違いなく社長になられたと信じています。それを、僕のような人間のせいでフイにさせてしまって、常務にも会社にも取り返しのつかないことをしたと思っています」

「それは買いかぶりすぎだよ」

「そんなことありません。社内の連中はみんなそう思っていました」

小堺は自分のアイスコーヒーにはまったく手をつけていなかった。

「常務だったら起業されてもきっと大成功すると思います」

真顔で言う。

そんなふうに小堺に言われて、私は初めて、自分が会社を作るなどということに何の興味も関心も持っていないことに気づいたのだった。

「そう言ってくれるのはありがたいけど、しばらくはじっくり考えるつもりだよ」

「僕がお手伝いすることはもうできませんが、でも、頑張って下さい。陰ながら応援させていただきます」

あくまでも生真面目（きまじめ）に小堺は言うのだった。

「きみはあの彼女のことが好きなんだね」

また話頭をずらしてみる。

「はい。えいみっていう名前の三歳の娘がいるんですが、その子も本当に可愛(かわい)いんです。えいみと初めて会った瞬間に、この子と家族になりたいと思いました。僕と玲香は特別な縁で結ばれていると思います。これからは二人のために生きて行こうと決めてるんです」

「えいみってどういう字を書くの？」

「北海道の美瑛(びえい)っていう町をご存知ですか？」

「知ってるけど」

「あれをさかさまにして瑛美なんです。彼女の父親がもとは美瑛の生まれだったらしくて」

「そうなんだ」

文字を頭に浮かべながら、「珠美」と「瑛美」はよく似ていると思った。「珠美」と別れて「瑛美」と繋(つな)がる——小堺の言う「特別な縁」

にほのかな現実味を覚えた。

私の場合も、珠美と在実がダブって見える理由の一つは、「たまみ」と「あるみ」にどことない近似性を感じるためだった。

「だけど、こんな場所で、しかもこんな日に芹澤常務と鉢合わせするなんて、とても偶然とは思えない気がしますね」

そう言って、小堺はようやくアイスコーヒーを一口すすった。

@

日本橋高島屋で開かれる「芹澤燈園（とうえん）展」のオープニングセレモニーに出席するため母が久しぶりに東京に出てきた。

展覧会の開催期間は十月十一日から二十日までの十日間。芸大時代の習作から現在の作品まで、母の五十有余年に及ぶ画業を総ざらいする大規模なものだった。これを上回るスケールの個展と言えば、数年前に神奈川県立近代美術館で行なった「芹澤燈園展〈画業五十年〉」くらいだろうか。

前々日の九日に定宿の帝国ホテルに入ったので、その日の夕方、私はホテルまで足を運んで一緒にコーヒーを飲んだ。母と会うのは年始の挨拶に逗子に出向いて以来のことだった。

いつも泊まるプレミアデラックスの部屋にルームサービスのコーヒーを用意して母は待ってくれていた。今回も弟子はひとりも連れて来ていなかった。誰かに頼るのが母はとにかく嫌いな人なのだ。

七十歳を過ぎてから、彼女はほとんどものを食べなくなった。

毎朝、弟子が作った玄米粥と味噌汁、漬物を口にするだけで、あとは一日、番茶をすするくらいで何も食べない。それでも別に痩せ細ったわけでもなく、顔の色艶も上々で、創作活動はいまが最盛期という趣を呈している。

「先生はもうずっと朝ごはんしか召し上がらないんです」

と弟子の一人から初めて聞かされたときは半信半疑だったが、一度、年末に三日ばかり逗子に滞在してみて、それが本当だと知った。

「そんなに何も食べなくて身体は大丈夫なの？」

と訊くと、

「歳を取ったら小食が一番なのよ。もっともっと描かないと死ぬ気になれないもの」

と母は言った。

すでにあれから五年余りが過ぎている。相変わらず母は意気軒昂（いきけんこう）だった。素人（しろうと）の私から見てもその画境（がきょう）はますます円熟味を増しているように思われる。

母の名前は芹澤水江（みずえ）。「燈園」は雅号（がごう）だった。

ソファセットに差し向かいで座り、二人でコーヒーを飲んだ。

「実は、五月に会社を辞めたんだ」

初めてそのことを伝えると、

「あら、そう」

母は手にしたコーヒーカップを胸元で止めて、口を小さく開けた。

「いまは何をしているの？」

と訊いてきた。

「まだ何にも。この先の予定も未定」

「そう」

「会社勤めも長かったしね。次は全然違うことをしたいと思ってるよ」

一口すったコーヒーをテーブルに戻すと、母はじっと私を見た。

「じゃあ、あなたも描いてみる？」

そんなことを言われたのは後にも先にも初めてだった。母が絵の指導をしてくれたこともないし、その道を選ぶようにさりげなく勧めてきたことさえ一度もなかった。

「どうして？」

不思議な心地で私は母を見る。

「あなた、才能あったのよ。小さい頃。自分でも分かってたでしょう」

「そうだったっけ」

「描きたくなったら描くといいわ。絵は幾つからでも始められるから」

「やめておくよ。ママみたいな創作衝動は僕にはないからね」

私はずっと母のことを「ママ」と呼んできた。

母は再びカップを手に取ってコーヒーを飲んだ。

「やっぱり、我が子に後を継いで欲しいとか思うときがあるの？」

本当にこういう話を母とするのは初めてだった。大学入学と同時に家を出て、それからは決して親密な母子とは言えない間柄だった。私はそれでよかったし、母も同様だったと思う。

　母は生涯を絵に生きた人だった。

「そんなふうに思ったことはないわ。ただ、あなたが絵を描くことを知らないままで生きているのは、ちょっと不思議な気がするわね」

「そうなんだ……」

　私もカップを持ち上げてコーヒーをすすった。

「在実が生きていたら絵描きになったかもしれないね」

「そうね。あの子もすごく上手だったもの」

　妹の在実は三歳で死んだが、彼女の「お絵描き」は並外れたレベルだった。

「在実のことを思い出すことはある？」

「あるわよ。毎日何十回も思い出しているから、思い出していると は言えないけど」

「そうなんだ……」

「そうよ。だって一番可愛い盛りに死んでしまうんだもの、あの子」

「僕もよく思い出すよ」

「あら、そう」

「うん」

「ほんとにいい子だったわよね。お兄ちゃんのことが大好きだった わ」

「そうだったね」

そこで私たちは沈黙した。母の空になったカップにポットのコーヒーを注いだ。ポットをテーブルに置いたとき、

「あなた、どうして子供を持たないの？」

母が言った。

今度は私がまじまじと母の顔を見る。今日はどうしたんだろう、と思う。今日の母も今日の私もいつもとは明らかに違っているが、その理由がよく分からなかった。

「子供が欲しくないからだよ」

私は幾らか間を取ってから言った。

母はもう何も言わなかった。

@

哲学者だった父が最も敬愛した先達は、ハイデガーと並び称されるドイツの実存主義哲学者カール・ヤスパースだった。

神楽坂に転居するとき書棚の整理をしていて、父の著作とともにヤスパースの『哲学入門』の古い文庫本（草薙正夫訳　新潮文庫）を見つけた。以来ときどきこの本を開いては拾い読みをしている。

母と会った直後、思いつくままにページを開くと次のような文章に行き当たった。


〈人間はどこから導きを得るかということは、人間存在についての重大な問題であります。と申しますのは、人間の生活は動物の生活のように、世代の順に従って、自然法則的に同じように繰返されて過ぎゆくものではなくて、人間の自由は、人間存在の不安定性とともに同時に、人間がなお本来あり能うところのものとなるチャンスを、人間に開くものであるということは確かであるからであります。いわばある素材と自由に交渉するように、自分の現存在と自由に交渉することは、人間に与えられていることであります。そこではじめて人間は歴史をもつのです。換言しますと、人間は単に生物学的な遺伝によって生きているのではなくて、伝統によって生きているのです。人間の現存在は単に自然生起のように過ぎゆくのではありません。しかし人間の自由は導きを呼び求めるものであります。〉

文中にある「人間は単に生物学的な遺伝によって生きているのではなくて、伝統によって生きているのです」というヤスパースの言葉を私は何度も吟味したが、その意味するところをうまく理解するのは容易ではなかった。

＠

母が心臓発作を起こしたのは、十月二十日の夜のことだった。

個展が盛況のうちに幕を閉じ、この日は、母の絵の大半を取り仕切る銀座の画廊主が音頭（おんど）を取った打ち上げの宴席が赤坂の料亭で夕方から開かれていた。上座に座った母の両側には今回の主催者である新聞社の社長や高島屋の幹部連をはじめお歴々が顔を揃えていたという。

母の様子がおかしくなったのは宴会が始まって二時間ほど経った頃合いだった。胸のあたりを押さえて顔をしかめるその姿を見て、隣にいた新聞社の社長がすぐに異変を察知したようだ。救急車ではなく社長の車で母は新宿区にある心臓疾患に強い大学病院に連れて行かれた。本人が「しばらくじっとしていれば良くなりますから」と救急車を呼ぶのを頑なに拒んだためだった。

どうやらここ一年ほど、母は、そういう発作にたまに見舞われていたようだった。病院嫌いの彼女は内弟子たちにもそのことを秘匿し、何食わぬ顔で画業に精出していたのだ。

検査の結果、心臓を取り巻く冠動脈の三ヵ所が梗塞を起こしていた。

痛みもそれほどではなく、意識もはっきりしていたものの病状は決して軽いものではなかった。搬送後すぐに、梗塞部位に血管拡張のためのステントを留置するカテーテル治療が行なわれ、大事を取って二週間ほど入院することが決まった。

まず逗子の弟子たちのところへ画廊主から連絡が入り、逗子から私のもとへ知らせが届いたのは翌朝だった。私はすぐに病院に向かった。午前七時過ぎに着いたが母は眠っていたので、看護師に容態を訊ね、二時間ほど外で時間を潰してから再び病院に戻った。

母は目覚めていた。見たところ普段と何も変わりはなく、話しぶりもいつも通りだった。担当医が病室を訪ねてきて、母と一緒に詳しい説明と今後の治療方針を聞いた。

「発見がもう少し遅れていればいのちにかかわるところでした」

という医師の言葉にさすがの母も色を失っていた。ステントを入れても再狭窄（きょうさく）が起こる可能性はゼロではなく、治癒判定には半年以上かかるのだという。

「ご年齢のこともあるので、今後は余り無理をせずにお仕事をされてください」

と何度も繰り返して、医師は病室を出ていった。

「とにかく昨日、みんながいる場所で倒れたのは運がよかったよ」

私が言うと、母は小さく頷いた。

「津村（つむら）さんや西田（にしだ）社長には僕の方から礼をしておくから」

津村というのが画廊主で、西田というのはこの病院に連れて来てくれた新聞社の社長の名前だった。

「悪いけど、よろしくね」

母は言う。それからしばらく彼女は無言だった。何か伝えたいことがあるのだが、それを言うべきかどうか逡巡している様が見て取れる。そういう母の表情を目にするのは久し振りのように思えた。

遠い昔、在実が亡くなった事実を告げる前、そういえば母はこんな表情をしていたのではなかったか。

「どうしたの？　何か言いたいことがあるの？」

すると彼女は一度天井の方に目をやって、それから私を見た。

「カテーテル治療のときって局所麻酔だから意識はあるの。お医者さんに説明を受けながらじっとしてるんだけど、でも、頭はぼうっとして途中から半分眠ったみたいになったのよ」

「そうなんだ」

「大丈夫ですかって訊かれるたびに『はい』って返事してるんだけど、上の空なのね。いろんな色をした球体が目の前に見えたわ」

「色の球体？」

「そう。さまざまな色の水晶玉みたいなもの。それが何千何百と目の前に浮かんでいるのよ。なかには今まで一度も見たことがない色もあった。どうやったらこんな色が出せるんだろうって思ったし、自分の中にまだ知らない色が眠っていたのかって我ながらびっくりしてた」

「そうだったんだ」

そこで母は一つ息をついた。

「在実がすぐそばにいるのを感じたわ」

黙って母の目を見る。

「あんなに近くにあの子の存在を感じたのは初めてだった」

「どんなふうに……」

私は訊ねる。

「もう子供じゃなかった。大きくなってたわね。でもあの子だったわ」

「姿が見えたの？」

母は首を振った。

「見えないの。気配だけ。姿は無数の色の中に溶けてしまってるの」

「何か話したの？」

「なんにも。でもちゃんと立派に大きくなってた」

私は母の話を頭の中でイメージ化しようと試みた。たくさんの色の異なる球体のその色の中に溶け込んでいる、おとなになった在実の姿を思い描こうとした。だが、それはうまく像を結んではくれないのだった。

昼食を食べ終えるのを見届けて、病院を出るつもりだった。

別に次の予定があるわけでもなかったが、母と長時間一緒にいることに慣れていなかった。出直したければ、また夜にでも顔を出せばいい。母がいるのは病棟の中でも特別室の並ぶ最上階で、身内であれば何時（いつ）でも見舞うことができた。病室は広く、ベッドの部屋とは別に応接室もある。簡易ベッドを運んでもらえば泊まり込むことも可能だった。

「小食も過ぎると考えものなんじゃないの」

と言うと、

「かもしれないわね」

母は、私の助言を素直に受け入れ、昼食をきれいに平らげてくれた。

病室のドアが開き、空になった食器とトレーを看護師が引き取りにきた。

入って来た看護師の顔を見て、私は声を上げた。向こうも驚きの表情を浮かべている。

「こちらで働いていたんですか？」

鴫原虹子は、思わず口に当てた手を外し、

「はい。先月から」

と答える。

母が私たちの顔を交互に見比べて怪訝そうにしているので、「以前、僕の下で働いていた人のお母さんなんです。一度お目にかかったことがあって」と虹子を紹介した。

「そうでしたか」

笑みを浮かべて虹子を見る母の姿は堂に入っている。日本画壇の大家の風格が漂う。

「息子ともどもお世話になります」

丁寧に頭を下げた。

「こちらこそ芹澤常務にはうちの娘がたいそうお世話になりまして」

虹子も貫禄十分にお辞儀を返していた。

帰り際にナースステーションに立ち寄ると虹子がいたので、声を掛けてみた。

「まさかあの芹澤燈園先生が芹澤さんのお母様だとは思ってもみなかったわ」

虹子はまだ驚きを拭えないようだった。

「僕も鴫原さんの姿を見たときは仰天でしたよ」

「こんな偶然があるなんてね」

「まったく」

制服姿の虹子はさらに若々しく見える。

「鴫原さん、体調は大丈夫なんですか」

「全然平気。やっぱり健康を取り戻すには仕事が一番だわ。お母様もさいわい発見が早かったし治療もうまくいったから、何も心配しないで今後もバリバリやればいいわよ」

「あんまりけしかけないで下さいね。それでなくてもあの人は限度というものを知らないいんですから」

「あら、芹澤さんも珠美とおんなじようなことを言うのね」

虹子はおかしそうに笑った。

@

数日後、母の病室にいると珠美から電話が入った。声を聞くのは一ヵ月ぶりだった。彼女と会ったのは奥野の葬式があった晩が最後で、それ以降はたまに電話で話すくらいだ。電話もほとんどは向こうから掛かってきた。

「お久しぶり」

珠美が言う。

「本当だね」

「お母様が母の病院に入院してるって聞いたわ」

「そうなんだ。虹子さんにはすっかり世話になっているよ」

私と母は鴫原看護師を「虹子さん」と呼んでいる。

「何か困っていることはない？」

「いまのところはね。母も元気だし」

「一度、お見舞いに伺っていいかしら？」

そこで珠美が意外なことを言った。

「芹澤さんにも会いたいし、母の働いているところも久しぶりに見てみたいから」

だからといって、私の母親の病室を訪ねるというのは筋違いな気がした。

携帯を耳にあてたまま、「虹子さんのお嬢さんがママの見舞いに来たいって言ってるけど、構わない？」と母に訊ねる。

「もちろんよ」

母はすぐに同意した。見ず知らずの人間と会うのは極力避ける人なだけに、その反応も私には予想外だった。

「母は構わないと言ってるけど」

私はいま一つ乗り気ではなかった。母は、私と珠美が付き合っていると勘違いしている可能性があったからだ。昔、部下だった女性の母親とその上司だった息子とが知り合いだと知った時点で、そう疑ったとしても不自然ではないだろう。

「まだしばらく病院にいるの？」

私は腕時計を見た。午後三時を回ったところだ。

「六時くらいまではね」

いつも二時くらいに来て、母が夕食を食べるのを見届けて帰るようにしていた。逗子の弟子たちが病室に泊まり込んで世話をしたいとしきりに言ってきているのだが、当の母が断固として拒否しているのだった。

「あの人たちにこんな姿は見せられないでしょ」

とにべもなかった。

「だったら四時過ぎに行くわね」

珠美はそう言うと例によってさっさと自分から通話を打ち切ったのだった。

昨日炊いたというぜんざいを保温ポットに詰めて珠美は持ってきた。栗と白玉が入ったそれを、これも持参のお椀によそって母に食べさせてくれた。

「私がぜんざいが好物だってどうして知ってるの？」

母は目を丸くしていたが、一番驚いたのは私の方だと思う。

「何となくそんな気がしただけです」

珠美は言い、母が食べ終えるとお椀と箸を洗い、残ったぜんざいはポットから出して別の容器に詰め、病室の冷蔵庫にしまった。

「生クリームを買ってきたんで、明日は、冷やしぜんざいにして食べて下さいね」

彼女はそう言うと、三十分足らずで出ていった。

私とはろくに話すこともなかった。

「あの人、虹子さんによく似てるわね」

珠美が帰った後、母はぽつりと言った。

入院から三日もしないうちに母と虹子さんはすっかり親友のようになっていた。よほどウマが合ったのだろう。二人のやりとりを見ていると歳の離れた姉妹のようにさえ見えるほどだった。

それからは、二日おきくらいに珠美が病室を訪ねてくるようになった。いつも何か手料理を持って来て食べさせてくれるのだが、病院食にはほとんど手をつけなくなった母が、なぜか珠美の作った物だけは嬉しそうに口にするのだった。

私が見舞いに来ているあいだに顔を出すこともあったし、そうではない時間帯にやって来ることもあった。

入院から十日が過ぎた日、私は珠美を食事に誘った。神楽坂に旨い蕎麦ダイニングの店を見つけたのでそこに案内したのだ。

つまみを幾品か注文し、私たちは日本酒で乾杯した。

「いろいろ面倒をかけて済まないね。最初は、どうしてきみがおふくろのところへ通うのか意味不明だったけど、いまとなっては感謝しているよ」

私は小さく頭を下げた。

「先生、私たちが昔付き合ってたと思ってるみたいね」

いかにも面白そうな口ぶりで珠美が言う。案の定かと思いつつ、

「そうかなあ」

と返していた。

「あなたたちどうして別れたのって訊かれたわ」

「いつ？」

「三回目に訪ねたとき。芹澤さんがいなかったから」

「それで、きみは何て言ったの？」

「私たち一度も付き合ったことありませんって言ったわ」

「そしたら」

「全然信じてないみたいだった」

そう言って珠美はくすくす笑った。私もつられて笑ってしまう。

「多分だけど、先生は私たちがよりを戻せばいいと思ってるんじゃないかな」

珠美は母のことを「先生」と呼んでいた。虹子さんも「先生」と言っている。

「本当？」

「間違いないと思うな。だって、私、先生にすごく気に入られてるもの」

確かにそれは事実だった。母はさすがに直截（ちょくせつ）には言わないものの、明らかに珠美に対して好感を抱いているふうだった。

「今度の病気で、さしもの母も気弱になったのかもしれないな。これまでは僕の女性関係になんて何一つ興味がなかったと思うんだけどね」

「そうね……。うちの母もそんな感じはあるもの」

「そうなの?」

「ええ。うちの母もきっと私とあなたが一緒になればいいと望んでいると思う」

「まさか」

「本当よ。小堺と離婚しろって言い出したのも、あなたに会ったのが理由の一つだろうし」

「しかし、二人ともなんでそんなことを思うのかな」

「さあ、たぶん私たちがお似合いに見えるからじゃないの」

「まさか」

「まさかじゃないわよ。あなたもそう思わない」

「何が？」

「だから、私たちがお似合いだってこと」

そこで、この店で一番人気のつまみが運ばれてきた。特製のメンチカツで、一人に一個ずつ紙に包んで出てくる。肉屋のコロッケを店頭で頬ばるように、手に持ったあつあつのメンチカツにかぶりつく。玉ねぎの量が半端なくて、その甘味が肉のうまみと一緒に口の中に広がっていく。

「おいしー」

珠美が一口齧(かじ)って声を上げる。

私はそんな珠美の姿を眺めながら、先だって母が話してくれたことを思い出していた。カテーテル治療を受けている最中、母は様々な色に輝く無数の水晶玉のようなものを見たと言っていた。そして、その水晶玉の色の群れの中に亡くなった在実の存在をはっきりと感じたのだと……。

母が珠美をすんなりと受け入れ、あげく大層好感を持った背景には間違いなくこの体験があると私は睨(にら)んでいる。色のついた無数の水晶玉と亡くなった娘——そんな幻覚を見た直後に「珠美」という名前の女性が目の前に現れれば母ならずとも気持ちを引っ張られるのは当然のことだろう。まして、珠美はあの「虹子」さんの一人娘ときているのだ。

虹から生まれた美しい珠。

私が珠美と何年かぶりに会ったときにそうだった、その何倍もの強さで母は「在実」と「珠美」とを重ね合わせているのかもしれなかった。

@

「やっぱり寒くなると日本酒ね」

珠美はすいすい大きめの盃を空けていく。もう三合近くいっているのではないか。それでいて顔色はほとんど変わっていなかった。

「まだ結構暑いじゃないか」

混ぜっ返すと、

「それでも夜はずいぶん涼しくなったでしょう。気分の問題よ」

今夜の彼女はすこぶる明るかった。

「ところで、きみって毎日何をしてるの？」

正式に離婚が成立してもう二ヵ月近くになるだろう。いまでも経堂の家に住んでいるようだが、子供もいないのだし、一体どうやって時間を潰しているのか。私と似たり寄ったりのだらだら暮らしを続けているのだろうか。

「私、いまとても忙しいの。そうじゃなきゃ毎日でも先生のところへ通えるんだけど」

またまた意外なセリフだった。この人に質問すると、たいがい予想に反した答えが返ってくる気がする。

「何か仕事を始めたの？」

「違うの。受験勉強してるのよ」

「受験勉強？　何の？」

珠美はしばらく何も言わずに、にんまり顔で私を見ていた。

「もったいつけずに教えてよ」

「看護師になることにしたのよ」

「看護師？」

大学にでも入り直すのかと思っていたので、これまた相当に意外な答えだった。

「母が勤めてるあの大学病院の付属看護学校を受験するつもりなの。それもあって、しょっちゅう先生のお部屋にお邪魔してるわけ。いずれ勤務する病院の雰囲気も知っておきたいし、『芹澤燈園画伯が入院していているときによくお見舞いに行きました』って話せば面接でウケるかもしれないでしょう。もちろん先生には、ちゃんと了解をとってあるから心配しなくていいわよ」

「じゃあ、おふくろはきみが看護学校を受けるって知ってるの」

「もちろん」

「だけど、僕には何にも言わなかったよ」

「そりゃそうよ。私が言うまで黙ってて下さいってお願いしておいたもの」

「何だよ、それ」

呆れてものが言えない気分だった。

目の前の珠美は、これも店の名物の出汁巻き卵をうまそうに食べている。

「国語だけじゃなくて、英語と数学もあるの。試験が一月半ばだからあんまり時間がないのよ」

それから珠美は入学試験の内容について詳しく説明してくれた。

「だけど、またどうして看護師なわけ？」

「離婚もしたし、これからはひとりで生きていくしかないでしょう。といっていまさら会社勤めなんて無理だもの。芹澤さんも知っての通り、私にはデスクワークって全然向いていないから。そう考えたら手に職をつけるしかないでしょ。馴染みのある仕事となれば、やっぱり看護師が一番だったし、看護師の資格があれば一生食べるには困らないもの」

「おかあさんは何て言ってるの？」

「もちろん大賛成よ。あの人は、病人としてではなく看護師として勤務中に病院で死ぬのが夢だって言うんだもの。くも膜下出血で倒れたときもちっとも悲しくなかったんだってさ。私には全然理解できないんだけど」

「そのへんはうちも同じだよ。死ぬ寸前まで絵筆を握っていたい人だからね」

「似た者同士だからあんなにすぐ仲良くなっちゃったのよね」

「だろうね」

お待ちかねの蕎麦が届いた。私は十割のいなか蕎麦、珠美は二八の更科だった。どちらのざるにもたっぷりと盛られている。

「だけど、無事に合格すれば来年から丸三年、勉強漬けだね」

蕎麦に箸を入れながら言うと、

「そうね」

珠美は美味しそうに蕎麦をすすっている。

「そのあいだに好きな人でもできれば、また気が変わるかもしれないよ」

「それはそうかもしれないわね。でも、たぶん学校を辞めたりはしないと思う」

「どうして？」

「さあ」

そう言って珠美は首を傾（かし）げ、

「そんな気がするからかな」

と付け加えた。

@

店を出て、私たちはもう一軒行くことにした。通りに出ると斜向（はすむ）かいに混み合っているスペインバルを見つけ、そこに入る。さいわいカウンター席が空いていた。

赤ワインをグラスで頼み、つまみは生ハムの盛り合わせだけにした。

乾杯のあとで訊いてみる。

「経堂の家にずっと住むつもりなの？」

「迷ってるのよ。母も独りがいいって言い張って一緒に住もうとしないし、あんな大きな家に独り暮らしは怖いのよね。だけど、だからってすぐに売って、都内にマンションを買うのも何だか気が進まないの」

「どうして？　そっちの方が便利だろ」

「でも、女が家を買うのってあんまりいいことじゃないでしょう」

「なんで？」

「別に理由はないんだけど何となくね」

「それより、離婚した夫と一緒に暮らした家に住み続けている方がよほどよくないと思うけどね」

「だから、誰かに貸して、その家賃収入で都内にマンションを借りるのが一番いいかなって思ってるのよね」

「なるほど。それだと学校の近くに部屋を探せるしね」

「そうそう」

さすがに日本酒でリミット一杯になったのか、珠美のワインはほとんど減っていない。私はすぐに二杯目を注文した。

芝のホテルで関係を持って以降、こうして一緒の時間を過ごすのは何度目だろうか。あれきり彼女とは寝ていない。一度の交わりだけでずっと関わっていく女もそれはそれでいいものだと年配者から聞かされた記憶はあるが、なるほどこれがそうかと腑(ふ)に落ちた気分もある。

だが、私が彼女と肉体関係を結ばないのは、そのような境地に満足しているからでもなかった。前回の行為には双方に言い分があった。彼女は私を陥れるためにやったのだし、私はその罠にまんまと嵌った間抜けな被害者に過ぎなかった。

だが、もう一度交わるとなると、今度は本気で彼女と向き合う覚悟が必要な気がしている。

「芹澤さんは、これからどうするの？」

いつものように珠美が訊いてくる。

「僕も学校に通おうかと考えていたところだったよ」

これは本当だった。

「そうなんだ」

今度は珠美の方がえらく意外そうな顔をしている。

「何の学校？」

「映画やテレビドラマの脚本の書き方を教えてくれる学校だよ。渋谷にあるんだ」

「芹澤さん、脚本家になりたいの？」

ますます意外そうに珠美は言う。

「別にそこまで考えているわけじゃないけどね。ただ、一冊でいいから自分の本を書きたいような気がしていてね」

「本？」

「ああ。目星をつけているシナリオ学校は、このあいだ死んだ親友が学生時代に通っていたところでね。彼は脚本家にはならずに医者になってしまったんだけど、葬式のあとで、彼の代わりに行ってみようかって思いついたんだよ」

「芹澤さんも、昔から脚本とか書いてみたいと思ってたの？」

「別にそういうわけじゃないけどね。この前も言ったけど、僕は雑用係をやってただけだし」

「じゃあ、なんで自分の本が書きたいの？」

「自分の本と言っても、自分のことを書くわけじゃないんだ。若い頃から映画や小説は嫌いじゃなかったからね。時間もあるし、やってみようかと思ってるんだよ」

「何だか前途遼遠(ぜんとりょうえん)って感じだなあ」

珠美がぼやくように言う。

「そんなことするより、会社作ったらいいじゃない。あんな大きい食品メーカーでその若さで常務にまでなったんだもの。幾らでも協力してくれる人はいるはずでしょう」

たしかに自分でも自分が言っていることが現実味の薄い話だとは自覚していた。だが、この数ヵ月、今後の人生設計に思いを馳(は)せても何も考えつかないのだった。やりたくないことは山ほどあって、起業などはその代表選手のようなものだが、さりとてどうしてもやりたいと思うことが何一つ浮かばなかった。

私が黙ったままでいると、

「ごめんなさい」

不意に珠美が神妙な顔になった。

「全部、私のせいなのに偉そうなことばかり言っちゃって。ごめんなさい」

ぺこりと頭を下げる。

そんな姿を見ながら、そういえば、あの一千万円を、虹子さんは彼女に渡したのだろうかとふと思った。

そして、そのときの私の伝言をこの人は受け取ったのだろうか？

@

里中から電話があったのはクリスマス前の十二月二十二日のことだった。クリスマス休暇と早めの年末休暇を貰(もら)って日本に戻ってきたという。

「久しぶりに一杯やらないか」

里中は私が会社を辞めたのを知っていた。吉村からずいぶん前に聞いたと言っていたが、何も感想は口にしなかった。

「遅くなったが、芹澤の退任祝いをしてやるよ」

と笑っていた。

その日の夕方、赤坂のすき焼き屋で落ち合うことになった。

広い座敷で対座してみると、里中はずいぶんと痩せていた。身体でも壊したのではないかと咄嗟に思ったが、すぐには訊けない。仲居さんに作ってもらったすき焼きを食べながら日本酒を傾ける。食べっぷりも飲みっぷりも普段の里中と変わりなかった。酒が入るにつれて陽気になるのもいつも通りだ。どこか悪いというわけではなさそうだった。奥野ほどではないが、里中も大事な友人の一人だった。彼まで失うような事態は想像もしたくない。私は密かに胸を撫で下ろしていた。

里中は、日本に戻った翌日、奥野の家に線香をあげに行ってきたという。さすがにリオデジャネイロから駆けつけるわけにもいかず、通夜、葬儀には出席できなかったのだ。

私の方は、火葬場で別れて以来、成宮とは連絡を取っていなかった。四十九日にも呼ばれなかったし、こちらから訪ねたこともない。薄情のようだが、これ以上奥野の死にかかずらうのは無益だと思っていた。

「成宮の様子はどうだった？」

「元気にしてたよ」

そう言って里中はいわくありげな目つきで私を見た。

「誰か付き合ってる男がいるんじゃないかと感じたよ。そういう元気さがあった」

「言っとくけど俺じゃないぞ」

私は苦笑する。里中は何だという顔をした。

「そうか。俺はてっきり芹澤かと思ったよ」

と笑う。

「吉村なんじゃないか」

「それはないな」

二人でまた笑った。

「奥野には悪いが、成宮も早くそういう相手を見つけた方がいいんだ。まだまだ色気充分だしな」

実際家の里中らしい言い草だ。

「まだちょっと早いだろう」

里中は成宮の親友と付き合い、彼の浮気がもとで別れたという経緯もあって、学生時代から成宮にあまり信用されていなかった。とはいえ、それも遠い昔の話ではある。

「そんなことないさ。奥野の死に方を見れば何事も善は急げだとよく分かるよ」

その言葉に、奥野が「こんなのあり得ないよな」としきりにこぼしていたという成宮の話を思い出す。たしかに、「あり得ない」ことが「ある」のが死であるならば、里中の言う通りかもしれない。何事も善は急げだ。

「お前の同期は全員生きてるのか？」

里中が訊いてくる。成宮の話はもうおしまいらしかった。いささか奇妙な質問のような気がして、私は、思いを巡らせた。同期入社だった連中が生きているかどうかなんてあまり考えたことがない。

「同期の誰かが死んだっていう話は聞かないな」

私の同期は二十五人ほどだった。入社後すぐに退職したのが一人いたが、あとはみんな元気でやっているはずだ。私の後から役員になった同期も二人いる。会社的にはかなり豊作だった年だろう。

「俺の同期はもう三人死んでるんだ」

里中が何を言いたいか分からないが、「そうか」と相槌（あいづち）を打つ。

彼の会社の規模は私がいた会社の比ではないから同期の数も百人近

いはずだ。五十歳までのあいだに百人のうち三人が死ぬというのが、多いのか、少ないのか、普通なのか、それも私にはよく分からなかった。

「一人はバイク好きで、三十前に事故って死んじまった。あとの二人は、奥野と一緒でがんだったな。そのうちの一人は俺と同じ発電畑で仲も良かったよ。二年前に膵臓がんで逝っちまった。まさか、今度は奥野まで見送るなんて思いもしなかったよ」

里中は淡々とした口調で話す。「やっぱり日本酒が一番だな」と合間に呟いたりしていた。

「いつこっちに戻って来られるんだ？」

送別会のときは「任期は四年くらいだ」と言っていた。吉村によれば「帰ってきたら役員に昇格というのが定番コースらしいよ」という話だ。だとすれば一年半といったところか。

「来年の六月には戻るよ」

しかし、里中はきっぱりと言った。

「そうか。案外早かったじゃないか」

「上と掛け合ってね。どうしても戻してくれって直談判したよ」

里中がさらりとただならないことを口にした。役員直前の海外部門の責任者が本社復帰を上層部に直談判するなど本来あり得ない話だ。

「何かあったのか？」

里中はそのことを話したくて、今夜、私を誘ったのだとようやく気づいたのだった。

会社暮らしから足を洗って半年余り。こんなに素早く勘が鈍るものかと我ながら軽くショックも受けていた。

「先月、乗っていたセスナが落ちた」

「落ちた？」

よく意味が分からない。

「墜落したんだ。本気で死にかけた」

それから里中はぽつぽつとその思いがけない災難について語った。

この春にアマゾンの奥地に建設した発電プラントの巡察のために飛行機をチャーターし、アマゾナス州の州都マナウスから現地に飛び立ったのだという。先月二十日、ほぼ一ヵ月前のことだ。

「俺たち駐在員が二人、向こうの電力会社の人間が一人、それにパイロットの合計四人乗りの双発機だったんだが、機体も新しいし、墜落するなんて思いもしてなかったよ。それが飛び立って三十分もしないうちにいきなり方向転換したんだ。どうしたんだって聞いたらエンジントラブルが起きたって言う。しかもエンジンが両方ともおかしくなったと。だからマナウスの飛行場に戻ることにしたって言うんだよ」

しかし、パイロットが説明を終えた頃には、すでにセスナは急速に高度を下げつつあった。窓から両翼のエンジンを見て里中は度胆(どぎも)を抜かれたという。

「プロペラが回ってないんだよ、二つとも。信じられない話だろう。俺にしろ同僚にしろ一体何が起こってるのかよく分からなかった。だけど、飛行機はどんどん落ちていくんだ。墜落するとしか思えないじゃないか」

焼き畑で虫食いだらけの哀れなアマゾンのジャングルがみるみる目の前に近づいてきたという。

「あっという間のことで、何が何だか分からなかったが、パイロットの腕が良かったのか密林をどうにかかわして、農場のど真ん中に不時着したんだ。そうは言っても物凄い衝撃で、セスナは真っ二つに折れちまった。死人どころか重傷者が一人も出なかったのが奇跡みたいな話で、現地の新聞にはこぞって『MILAGRE!』っていう巨大な活字が躍っていたよ」

「まったく知らなかった」

私は里中の話に息を呑むしかない。

「それはそうだろう。全員軽傷で誰も死んでいないんで、日本じゃほとんど報道されなかったみたいだからな」

「たいへんだったな」

かろうじてそう言い、

「お前、運が良かったよ」

と付け加えた。

最初に見たときえらくやつれて見えた理由がやっと分かった気がした。

「ああいうとき、人間は何も考えられないんだって身に沁みて知ったよ。両方ともエンジンが止まってるのが見えて、現に飛行機が地上に向かって落ち始めているっていうのに、自分が死ぬとは思えないんだ。いま起きていることが現実かどうかが分からないって感じだった。あれを経験してみて、いつだってそうに違いないって思うようになったよ。たとえば病気になって呼吸が苦しくなって心臓が止まる寸前だろうと、つきつけられたピストルが火を噴いて、弾丸が心臓を直撃してぶっ倒れたとしたって、俺たちはいつだってその現実が現実だとは思えないんだと思う。結局、人間は、自分が死ぬのかどうか判断がつかないまま本当に死んじまうんだよ。今回、俺はそのことを痛感したよ」

機体は里中の座席の手前で真っ二つに割れたようだ。彼と同僚はシートベルトを必死で外して脱出したという。

「ああいうセスナは燃料が翼の中に仕込んであるんだ。もし火がついたらあっという間に火だるまになる。生まれてこのかた、あんなに死に物ぐるいで走ったのは初めてだったよ」

同乗者全員が機体を離れ、草の上にばらばらに散っていったらしい。一人が右肩の脱臼(だっきゅう)、もう一人が右腕の骨折とやがて診断されたが、里中が草地にへたり込んだときは、そういうことはもちろん知らなかった。彼自身は、右肩の打撲と左耳の裏を少し切った程度で、四人のなかでもパイロットと並んで最も軽い怪我(けが)で済んだのだという。

「向こうの十一月は春だからな。尻餅(しりもち)をついて、アマゾンの澄み渡った空を眺めたよ。どっかの遊園地の絶叫マシンから降りたときみたいで、相変わらず現実感はなかったが、それでもまだ自分が生きていることが信じられなかったね。何しろ、真っ二つに折れたセスナが数十メートル先に転がってるんだからな。そいつについさっきまで自分が乗っていたのは間違いのない事実なんだよ」

一度立ち上がり、同僚や仕事仲間たちの様子を確認すると、里中は一人離れて再び草地に腰を下ろした。

「俺は、こんな地球の裏側で一体何をしてるんだと猛烈に感じたね。大事な親友が死んでも葬式にも行けないような異国で、女房や子供とも何年も離れて暮らして、もしいまの墜落事故で死んでしまっていたら、俺の人生ってのは一体何だったんだろうってね」

事故の話になってからは、ほとんど合いの手を入れる間もなく、次々と里中は言葉を繰り出してきた。そういう彼を見るのはめずらしかった。

「なあ、芹澤……」

私の視線を感じたのか、ようやく彼は一つ息をついてみせた。

「上の娘が高二で、下の息子はまだ中一だよ。そんな子供たちを残して俺が死んでしまったら女房だって途方に暮れちまうに決まってるだろ」

「それで直談判に及んだってわけか」

里中はわずかだが涙目になっていた。

「出世なんてしてる場合じゃないと思ったよ。まじで」

里中の家族には、まだ子供たちが小さかった頃に二度ほど会ったことがあった。あの子たちがもう高校生や中学生になっているのかと不思議に思う。いまのいままで彼らの大きくなった姿を想像したことなどなかった。

時間の流れを子供の成長によって計るという習慣を私は身につけることができなかったのだ。

「草の上に座ってアマゾンの青空を眺めてるとき、奥野の顔がしきりに心に浮かんできたんだ。あれは一体全体どういうことだったんだろうな」

里中が呟くように言った。そして、

「どんな事情で辞めたのかは知らないが、俺は、お前が会社を辞めたのは正解だったと思ってるよ」

今度は少し声に力を込めて、そう付け加えたのだった。

@

クリスマスイブの日は昼過ぎまで眠っていた。

このところ、どういうわけか明け方になると動悸がして目が覚めてしまう。サザエさん症候群で苦しんでいたときもたまにそういうことがあった。むろん、会社に行っていないので日曜日の夕暮時になっても憂鬱な気分に陥ることはない。

だが、動悸で目を覚まして、新たな眠気を催すまでの一、二時間は何をする気も起きず、ただじっとベッドの中で時間をやり過ごすしかなかった。何度か無理に起き出し、ネットをやったり録画しておいた映画を観たこともあったが、そうすると二度寝のあとで必ず頭が痛くなるのだった。この頭痛が案外にしつこく、頭痛薬を飲まないと夜まで抜けなかった。というわけで、明け方の動悸をおさめる方法は、何もせずに次の眠りを待つ以外になかったのだ。

サザエさん症候群と同様、自律神経の失調に違いない。

会社を辞めて何一つストレスがないはずなのにどうして？　とも思うが、あのときだって役員に就任し、仕事が楽しくて仕方がなかった。それでも症状が出たことを思えば、今回の状況も似たりよったりと言えなくもなかった。

かつてそうしたように「Stay on These Roads」を聴いてみたが当時のような効果はなかった。それならばと、ジュディ・コリンズの「青春の光と影」を選んだ。この曲は大学時代によく聴いていた。それこそ、成宮に振られた頃は毎日聴いていたのではなかったか。作曲者のジョニ・ミッチェルの歌声よりも、私はジュディ・コリンズの歌唱の方を気に入っていた。

だが、これもさほどの効用はもたらさなかった。

起床後はいつものようにだらだらと過ごした。

本を読んだりテレビを観たり、あとは長風呂（ながぶろ）に浸（つ）かったり。そうやって時間を潰（つぶ）すうちに明け方の動悸のことなどすっかり忘れてしまうのもいつも通りだった。

クリスマスイブの街は華やいだ雰囲気に満ちていることだろう。

去年のイブはどうしていただろうか、と思い出してみれば、夜中まで仕事をしていた気がする。仕事納めを控え、年初には決着をつけておくべき案件が山積していた。その前の年もさらにその前の年も同様だった。振り返れば、社員たちが休んでいる時期、私は日頃にもまして仕事に精出していたのではなかったか。

「あなたにとっては仕事が命綱だったんじゃないの。会社を辞めてしまったら、その大事な命綱が切れてしまうじゃない」

いつぞや香代子が言っていたことは正鵠（せいこく）を射ていたのかもしれない。香代子は十月に無事に女の子を産んだ。そのことを知らせるメールを一度だけ受け取った。むろん返信はしなかったが……。

このところ過食気味でもあり、昼は抜くことにした。夜はお気に入りの例の中華屋に出かけることに決めた。イブの夜となればあの店はきっと空いているに違いない。

八時過ぎに入店すると、案の定がらがらだった。

顔馴染みの中国人の店員が嬉しそうに近づいてくる。とりあえず青島(チンタオ)ビールを注文し、必ず頼む小籠包(ショウロンポウ)、あと冷菜の盛り合わせをオーダーした。この店の小籠包は肉汁の量がとびきりで都内でも有数の人気を誇っている。そのかわり気をつけないとやけどをするので食べ方には工夫が必要だった。毎回食べている私はもう慣れっこだ。

イブの夜、客のほとんどいない店で飲むビールは格別だった。

普段はビールは一本にしてすぐに紹興酒(しょうこうしゅ)に切り替えるのだが、今夜は二本目を追加した。最初に出てきた冷菜をつまみにグラスをハイピッチで空けていく。

お目当ての小籠包が届き、いつも通りの食べ方を実践する。たっぷりの酢醤油(すじょうゆ)に浸して小籠包を充分に冷やし、それをレンゲにのせて分厚い皮の端から中のスープを吸い取るようにして口に入れる。

ところが、大きな小籠包に一噛(か)みくれた瞬間、いままでにない量の肉汁が一気に噴き出してきたのだった。あまりの熱さに私は大声を出していた。手に握っていたレンゲごと皮の破れた小籠包をテーブルの上に落とし、尚更(なおさら)に飛び散った肉汁がフリース製の上着に盛大に振りかかった。

しかし、当の私はそれどころではなかった。慌(あわ)てて手元のおしぼりを摑(つか)み、顔にかかった肉汁を必死に拭(ぬぐ)い取った。たっぷりの肉の油を含んだ肉汁の温度は熱湯のそれをはるかに超えていたのではないか。

客のいない店内で、私の叫び声が響き渡り、急いで店員が駆け寄ってくる。彼が手にしたおしぼりを引っ摑むように受け取り、それを唇に当てて患部を冷やした。すでにジンジンとした痛みが上唇から鼻の下にかけて生まれていた。

おしぼりをあてがったまま席を立ち、洗面所に行く。水で濡らしたおしぼりでしばらく冷やし、そっと外して恐る恐る鏡で顔を見た。思ったとおり肉汁をかぶった部分の皮膚が真っ赤になっていた。痛みはますますひどくなっている。

とても食事を続けられる状態ではなかった。

洗面所から戻るとテーブルの勘定書きを取り上げて会計カウンターに向かった。店員がレジを打ちながら「大丈夫ですか?」とあまりうまくない日本語で訊いてくる。

何も答えず、勘定を済ませて店を飛び出した。早く部屋に戻って氷か氷水で患部を冷やした方がいいだろう。

とんだクリスマスイブだ、と早足で神楽坂を下りながら毒づいていた。

通りは様々なカップルで混雑している。ここ数日、例年にないほどの冷え込みが続いていたが、いまはその冷たい風が顔に心地よかった。

部屋に入ると汚れたフリースとズボンをドラム式の洗濯槽に放り込み、洗濯機を回す。洗面器に氷水を張り、ミニタオルを冷やしてそれを顔に当てた。最近買ったロッキングチェアに座り、背もたれを思い切り倒す。痺(しび)れるような痛みは続いていたが、気持ちはようやく落ち着いてきた。

天井の明かりを落としてダウンライトだけにした部屋の中はほの暗い。

二本目のビールが余計だったな、と思った。

若い頃からビールにだけはなぜか弱かった。他の酒と比べて酔いの回りが早いのだ。そのせいで小籠包への食いつき方を微妙に誤ってしまったのではないか？

初めてのときも舌を少しやけどした憶えがある。それに懲りて、毎回慎重に食べるようにしていたのだ。

こういうのを何と言うのだろう？

「手許がくるった」になぞらえれば、「口許がくるった」とでも言うべきか。

そんな益体もないことを考えているうちに次第に痛みはおさまっていった。

いつもと変わらぬ静かな夜だ。神楽坂の喧騒から通り一本入っただけでこんなに静謐な夜があるとは思ってもみなかった。私の部屋は三階だが、午後十一時を過ぎると人通りもほとんどなくなる。賑やかな商店街の隣には古いたたずまいの住宅街が広がり、余所行きではない人々の暮らしが息づいているのだった。

里中が話していたことを、この二日間ずっと考えていた。

墜落する飛行機の中で、里中は最後まで自分の死を現実として受け止めることができなかったと言っていた。人間は「自分が死ぬのかどうか判断がつかないまま本当に死んじまうんだよ」と。

奥野もそうだったのだろうか？　「こんなのあり得ないよな」としきりにこぼしていた彼は、何度か病室で涙を流したという。死ぬ三日前の晩も二人きりの病室で死後のあれこれを相談し、「最後は抱き合って私も彼も大泣きしたの」と成宮は話していた。それでも、奥野は最後の最後まで自分が死ぬかどうかの判断がつかなかったのだろうか？　そこは里中の言う通りだろうと私は思う。明日には死ぬと分かっていたとしても、呼吸が苦しくなり意識がかすれていくなかで、これが死に直結する意識の混濁なのかどうか我々には判別がつかない。結局、その判別がつかないままに私たちは「本当に死んじまう」のであろう。

九死に一生を得た里中は、アマゾンの草地に座り込んで空を眺めているとき、しきりに奥野の顔が思い浮かんだと言っていた。「あれは一体全体どういうことだったんだろうな」と首を傾げているのを見て、私は、里中の奇跡の生還には奥野の密かな手助けがあったのではないか、と半分本気で思った。

常ならぬ現象の背後には常ならぬ原因があってしかるべきだ。ほんの小さなミスはほんの小さな結果を招き、重大なミスが重大な結果を招くように、里中の引き寄せた奇跡には奇跡に見合うだけの大きな力の働きがあったと考えるべきだろう。

たとえ、私たちには決して踏み込むことのできない場所だったとしても、しかし、奥野はその場所でいまも元気に生きているのではないか。里中が空の彼方(かなた)に奥野の顔を見たのは、そこが奥野のいる場所で、彼は里中の乗った墜落寸前の飛行機を何とか無事に着陸させようと懸命に取り計らってくれたのではないか……。

里中のやつれた顔を眺めながら私はずっとそんなふうに感じていたのだった。

@

寒気をおぼえて目を覚ました。

胸のあたりにミニタオルが載ってセーターが濡れていた。床暖房だけの部屋は冷え切っている。ロッキングチェアで患部を冷やしているうちにいつの間にか眠り込んでしまったようだ。

何時だろう？

目が慣れてくるとダウンライトの下に掛かった時計の針が見えてくる。午前五時だった。カーテンの向こうは真っ暗闇だ。日が昇るまでにまだ二時間近くあった。

ゆるゆると立ち上がり、尿意を覚えてトイレに向かう。用を足して洗面所で手を洗いながら顔を見た。鏡の向こうにいまだかつて見たことのない顔があった。

痛みはほとんど取れているというのに、上唇が腫れ上がっていた。鼻の下の部分だけでなく唇全体が二倍、三倍にふくれ上がっているのだ。

これはただごとではない。

冷やし過ぎたのだろうか？　それで逆に皮膚が弱ってしまいこんな

有様になったのか。腫れた唇は指先でつついても何の感覚もなかった。まるで歯科医院で麻酔を受けたときのようだった。

どうすればいい？

もしも凍傷のような状態に陥っていたら、唇がこのまま腐ってしまうのではないか。こうなると痛みがないのも薄気味悪かった。

私は慌てて外出着に着替えてマンションを出た。外は凍えるような寒さだ。だが、気が動転しているせいか歩いているうちに寒さは感じなくなった。

以前、インフルエンザを疑って駆け込んだ救急病院に向かう。歩いて十五分ほどの距離だった。

何でもないかもしれないが、一刻を争う事態なのかもしれない。どちらか判別がつかない以上は、医者に診てもらう他に手立てはないだろう。

これ以上冷やすのを避けるためにマスクをつけていた。ダウンジャケットを着こみ、マフラーをぐるぐる巻きにし、帽子をかぶっているので、風にさらされているのは耳だけだった。その両耳が痛くなるような冷え込みようだ。

クリスマス早朝の救急外来はさすがに空いている。長椅子（ながいす）の並んだ廊下には先客が二人きりだった。受付でマスクを取り、腫れ上がった唇を見せた。

十五分ほどで名前を呼ばれ、廊下に記された行先表示に従って五番の診察室に入る。そういえば前回も五番だったと思い出す。病院に着いた途端にそれまでの不安は大部分消えていた。

「結構腫れてますねえ」

医師は顎を持ってぐいぐいと左右に顔を振り、いろんな角度から患部を見ている。ピンセットで腫れた箇所をつつかれたが相変わらず感覚はなかった。

「見たところそこまで深いやけどではないですね。唇なので腫れは激しいですが、二、三日で引くと思うのであまり触らないようにしてください」

医師はそう言って簡単な消毒をほどこし、軟膏を塗布してくれた。

「念のため感染予防の抗生剤を出しておきます。あと、軟膏も適宜塗って患部を乾燥させないようにしてください」

診察はそれだけだった。

重症ではなかったようだ。私は安堵のため息を洩らした。

薬剤部で薬を受け取り、待合スペースに戻った。名前を呼ばれたら支払いを行ない、それで無罪放免だった。先客の二人はすでに帰ったのか姿が見えない。かわりにまだ小さな赤ん坊を連れた若い夫婦が受付正面の長椅子に座っていた。

私は彼らの姿が見える斜め横の椅子に座る。

赤ん坊はぐったりとしているわけでもなく、母親に抱かれてじっとしている。頬がこころもち赤いので風邪だろうか。隣に座った父親が小さな声で話しかけていた。母親は時折、赤ん坊の頭を撫でている。

赤ん坊の顔がちょうど私の方を向いていた。男の子なのか女の子なのかよく分からないが、瞳（ひとみ）の大きな可愛（かわい）い顔立ちをしていた。私が見ていると自分に注がれる視線に気づいたのか赤ん坊は目を見開くようにしてこちらを見た。

それからずいぶん長いあいだ、私と赤ん坊は視線を合わせていた。

そうやって長いこと私を見ている赤ん坊の気持ちも、見返している私自身の気持ちもよく分からなかった。

ただ、思い出してみれば赤ん坊というものをこうまで念入りに観察したことはついぞなかった気がした。私の住んでいる世界には子供がいなかった。子供のいない世界にはもちろん赤ん坊だっているはずがないのだ。

二日前、里中は言っていた。自分の人生を取り戻すために日本に帰るのだと。大事な親友を失っても葬式にも駆けつけられないような、妻や子供たちと一緒に暮らすことさえできないようなリオデジャネイロでの独居は、自分の人生にとって無意味だとようやく気づいたのだと。だから彼は、上層部に直談判までして帰国の段取りをつけたのだった。

だが、私自身は、そうやって彼が生きる意味を見出(みいだ)すことのできなかった、まさにその世界でいまも生きているし、これからもずっと生きていかねばならないのだった。

私には妻子もいないし、親友の葬式に出られないことを悔やむ気持ちもなかった。遠隔地にいることを理由に奥野の葬式をパスできた里中が羨(うらや)ましかったくらいだ。

本当に、この生き物は一体何だろう？

つぶらな瞳で無心に私のことを見ている赤ん坊を眺め、ふとそう思った。

そう思ったとたんに、なぜ自分が赤ん坊のことを見つめ続けているのか、その理由がようやくはっきりしたような気がした。

私にはこの赤ん坊の存在がとことん不思議で不可解なのだ。

だからついこうして見つめてしまう。

私が子供を見て一番に思うのは、自分にもこういう時代があったのだという一事だった。そしてその時代を振り返ろうとすると決まって脳裏に浮かんでくるのは、在実のことであり、彼女の死という出来事だった。

私は、当時五歳だった自分がおとなたちと変わらぬ感情で妹の死を悼(いた)んだのをよく記憶している。そして、おとなたちがそんな私の悲しみにほとんど気づかなかったことをしっかりと胸に刻んでいた。

当然の話だが、子供時代の記憶を失うにつれて、私たちは子供の感情というものをどんどん読み取れなくなってくる。

私が言う「子供のいない世界」とは、「子供の感情が分からなくなった人間たちがいる世界」のことだった。そして「子供のいる世界」とは「子供と、子供の感情が分からない人間とが共存する世界」のことなのだった。

昔、香代子にこんなふうに言われたことがあった。

「あなたは子供のいる世界と、いない世界があるっていうけれど、あなたの言う子供のいない世界こそが、きっと子供だけの世界なんだと私は思うわ。人間は親にならない限りずっと子供のままなんだもの。だから、あなたが住んでいる世界って、最後まで子供でいようとしている人たちの世界でしかないいんじゃないかしら」

私は香代子のこの言葉を聞いて、それはまったく違うと思ったが言い返しはしなかった。人間はたとえ親にならずとも、子供ではいられなくなる。香代子流に言えば、人間は〝親になれる能力〟を身につけた時点で、もう子供ではなくなるのだ。

珠美にいつぞや「あなたのことが、まるで小さな世界に閉じ込められた哀れな子供みたいに思えてくる」と言われたとき、私は「僕自身も同じように感じることがある」と答えた。しかし、私があんなふうに言ったのは、在実のことを思い出すときだけ、自分がいまだに子供の頃の心を忘れずにいられるからだった。私はそういう自分自身を珠美のように「哀れ」だとは感じていない。

生殖能力を獲得する以前と獲得した後では、私たちはまったく別の生き物になる。その能力を身につけた瞬間、私たちはそれ以前の自分たちをすっかり忘れてしまうのだ。

大人は大人だけで、子供は子供だけで生きればいいと私はかねて思っていた。だが、現実には子供が子供だけで生きていくことはできないし、子供はどうしたって大人にならざるを得ない。

釈尊やイエスが肉欲を戒め、聖職者に性交を禁じているのは、子供を作るなと言っているわけではないのかもしれない。むしろ、彼らは私たちに「大人になるな」と説いているのではないか。悟りをひらくためには、可能な限り「子供のままでいなさい」と言いたいだけなのかもしれない。

母はカテーテル治療の最中に大きくなった在実の存在を感じたと言った。だが、その感覚はおそらく正確ではないのだろう。在実が「もう子供じゃなかった。ちゃんと立派に大きくなってた」と言った母は、大事な妹を失った五歳の私の心を読み取ることのできなかった相変わらずの母でしかない。大人である彼女からは、子供の真実の姿を見抜く眼はとうの昔に失われたままなのだ。

名前を呼ばれ会計の窓口に向かうまで、私と赤ん坊はずっと見つめ合っていた。

だが、その子と私が同じ世界にいるという感覚が私にはどうしても持てなかった。

@

病院から戻って二度寝したので、起きたのは昼前だった。

貰った軟膏を塗るために洗面所に行き、鏡を見るとだいぶ腫れは引いていた。この分なら今日、明日で外を歩けるくらいにはなるだろう。それまではマスクをつけて出かけるしかない。

用心もあって熱いものや冷たいものは口にしないようにした。飲み物も冷ましたほうじ茶を唇の端からストローですすった。食事をどうするかが問題だったが、一日、二日絶食しても構わない。体重計がないので正確ではないが、会社を辞めて明らかに腹回りの贅肉が増えてきていた。もとが長身痩せ型なので、これまで体重を気にしたことはなかったが、そうは言ってもいまが人生で一番太っているのは間違いない。

まだ当分はだらだらと暮らそうと思っていたが、それで体調を損なってては元も子もない。年明けから節制を心がけるつもりだったので、年末のダイエットも悪くはないと思った。

長年独り暮らしを続けていると、クリスマスにしろお盆や正月にしろゴールデンウィークにしろ特別な休みとは思えなくなる。孤独は祝祭を受けつけないが、一方で祭りの後のむなしさも引き受ける必要がない。個人生活を平らかなものにするという点では、独居ほど有効な手段はないと私は考えていた。

体調管理の面でも、実は独居の方が有利だと思う。配偶者や子供たちが自分に代わって健康を気遣ってくれるなどというのは都市伝説のようなものだ。妻子持ちの同僚たちを見回しても、細君が彼らの身体を本気で心配しているとはとても思えなかった。

結婚している男たちは、たまの休みを家族サービスに費やし、誰も彼も疲弊の極に達しつつ過酷な仕事をこなし続けていた。

加えて、家族を抱えた彼らには致命的な弱点があると私は思っていた。

その弱点を抱え込みたくなくて結婚しなかったわけではないが、しかし、独身を通すことで会社員として大きなメリットを享受（きょうじゅ）したことは自覚している。

妻や子供を持った男たちには、会社を辞めるという選択肢がなかった。

その選択肢の喪失が自分たちをどれほど脆弱（ぜいじゃく）にしているか、当人たちにはよく分かっていない。ビジネスにおいて最も必要な資質は大胆さと冷静さだった。相反するこの二つをアクセルとブレーキのように巧みに操っていくのが仕事を成功させる秘訣（ひけつ）なのだ。

ところが妻子持ちの男が踏むアクセルは得てしてゆるい。その点では、女性社員の方がよほどしっかりとペダルを踏み込むことができる。

商売の世界は、煎（せん）じ詰めていけば、やるかやられるかの仁義なき世界だった。ライバル企業の縄張りに攻め込んでいかなくてはいずれ自分が攻め込まれる立場となる。切った張ったの一場もあれば、大博奕(おおばくち)を打たねばならない局面もあった。そんな火急のときに、女房子供に気兼ねして自分のすべてを差し出せないようでは、やはり組織での出世は望めない。

こんな私でも、辞表を懐(ふところ)に呑んで臨んだ商機が何度かあった。そして、それぞれの土壇場(どたんば)で一定の成果を挙げたからこそしかるべきポストを得ることができたのだった。

私はこれまで、誰にも依存しない人間になるのを目標に生きてきた。誰のことも頼らないのが信条だった。誰かを助けるのにやぶさかではないが、誰かに助けられるのは極力避けたいと念じてきた。

人を助けるという行為も一時的なものでなくてはならない。

のべつまくなし特定の人物の手助けをしていれば、結果的にその相手に依存することにつながる。事情がどうであれ、その特定の相手を助け続けなくては自分の気持ちが落ち着かなくなってしまう。まして家族のようなある種の運命共同体に身をゆだねるのは願い下げだった。仮に他人と一緒に生活するとしても、夫婦という単位が限界だと感じている。

人と共に生きても、人間は決して強くはなれない。

ずっとそう考えてきた。

珠美から電話が入ったのは、午後三時過ぎだ。

「クリスマスおめでとう」

母が逗子に戻ってからは週に一度くらいの割合で彼女と連絡を取り

合っている。といっても相変わらず電話してくるのは珠美の方だった。会うことは滅多になく、神楽坂の蕎麦(そば)ダイニングで食事したあとに顔を合わせたのは二回きりだ。

「おめでとう」

と私は返す。

「どうしたの？　風邪？」

唇の腫れのせいでちゃんと声が出ていなかった。

「それが、昨日、口をやけどしちゃってね」

自分で聞いても「それが」が「ほれが」、「昨日」が「ひのほ」、「口を」が「ふちを」、「やけど」が「ほゃけろ」に聞こえる。今朝、医師とやりとりしているときはまったく気づかなかった。

「口をやけど、ってどうして？」

「ひょうろんほうをはべへはら、ふーぷがほびひっひゃってね。ほれれ、ふちひるがふぁれあはってるんはよ」

としか聞こえないはずなのだが、珠美には、

「小籠包でやっちゃったのかあ……」

とよく聞き取れているようだった。

「その感じだと、何も食べられないでしょう」

図星をついてくる。

「ほうらんらよ」

「かわいそう」

真剣な声音で珠美が言う。

「クリスマスだし、私も息抜きしたいから一緒に御飯でも食べようと思ってたんだけど、それだととても無理ね」

「ほうらね」

自分の間の抜けた声を聞いているうちに話すのが億劫になってくる。

「分かった。じゃあね」

そんなこちらの気分が伝わったのか、あっさりと電話は切れた。

二時間ほどするとインターホンが鳴った。もしかしたらと思っていたが、画面には珠美の姿が映っている。

玄関ドアを開けて待っていると大きなレジ袋を両手に提げた珠美がエレベーターを降りてくる。私を見つけて右手を上げようとして諦め、その分大きな笑顔になった。駆け足で近づいてくる。

一緒に部屋に入ると、珠美はダイニングテーブルにレジ袋を載せて、

「マスク取ってみて」

と言った。素顔をさらすと、何も言わずに顔を近づけてきた。薄っすらとした香水の香りが鼻腔をくすぐった。久しぶりに嗅ぐ女性の匂いだった。

「たしかにすごいね」

昨夜に比べれば腫れは引いているが、初めて見る彼女にはこれでも驚くほどなのだろう。

「痛い？」

眉間にしわを寄せている。

「ひらくはないんら」

先ほどの電話以降、かえって喋りにくくなったような気がしていた。

「とにかく」

と彼女は私の前を離れ、テーブルの上に置いたレジ袋から様々なものを取り出した。野菜や果物、ジュース、ヨーグルト、蜂蜜、生クリーム、コメの袋もある。二つ目の袋はレジ袋ではなく、中から出てきたのは大きなケーキの箱だった。

「クリスマスだからね」

私を見て珠美が言う。

「ケーキだったら食べられるでしょう」

それにしても食材の量からして、今夜はここに泊まるつもりのようにも思える。確かめようかどうか迷うが、そういうやりとりをするのが面倒で何も訊かないことにする。

夕食は、細かく刻んだ野菜や鶏肉の入ったおじやを作ってくれた。鰹と昆布の出汁がきいていて冷ましたあとでもえらく美味しかった。

珠美は自分用に鶏肉のクリームシチューとバジルソースのパスタを作った。どちらも一口ずつ貰ったが味付けは立派なものだった。

「ひみ、ひょうりじょうずだね」

と言うと、

「仕事ができない分ね」

と返してくる。一月半ばの看護学校の試験に向けて彼女は受験勉強に励んでいた。看護師になるという決意はどうやら本物のようだ。

「わふいね、ほんなほとでひみのべんひょうのひゃまをひてひまって」

私は頭を下げるしかなかった。

「勉強はちゃんとやってるから大丈夫。気にしなくていいわ」

珠美は例によってあっさりしている。

食後しばらくして、彼女が買ってきたケーキを食べた。二人には大き過ぎるくらいで、六等分して六分の一ずつ皿に載せる。こんなふうにホールのクリスマスケーキを切り分けて食べるのは何年振りだろうか?

夜になって腫れはさらに引き、口を大きく開けられるようになった。下唇と舌を使ってケーキを充分に味わうことができる。

「おいしいね」

言葉もだいぶ明瞭になってきた。

私は常温のミルク、珠美はハーブティーを飲んでいた。

「今夜は泊まるの？」

気になっていたことをようやく口にする。彼女がこの部屋に来たのは二度目だし、前回は部屋の片づけを終えると帰って行った。

「そうね。もう遅いし、よかったら泊めて貰おうかしら」

珠美が答える。

「布団も毛布もないけど……」

夜中の冷え込みを考えると、私のベッドで寝るしかないだろう。

「そんなの一緒に寝ればいいじゃない」

向こうから持ちかけてきた。

「嫌じゃないの？」

「全然」

珠美はハーブティーを一口すすった。

「嫌だったらこうやってわざわざ来たりしないわよ」

と彼女は言った。

解　説

中瀬ゆかり

この唯一無二の物語は、いまから四年前、二〇一五年の七月五日付のメールに添付され、私の元に届けられた。本文には「つたないものですが、約束していた原稿ができたので送ります。　白石一文」と記されていた。

＊

私が十八年間連れ添った人生のパートナーでハードボイルド作家の

白川道(しらかわとおる)を大動脈瘤(だいどうみゃくりゅう)破裂という病で一瞬にして喪失してから――この小説の表現を借りれば、原稿が届いたのは「白川がいなくなって八十日後の世界」だったわけだが、白石さんはそんな短時間で「私のために」この小説を書きあげてくれたのだ。「いま書いている小説は中瀬さんのためだよ」――白川を亡(な)くし、一人で家にいることが耐えられず逃げるように出てきたばかりの会社のデスクにかかった電話。その受話器の向こうでいつもの穏やかな口調で発してくれたあのセリフは、その場かぎりの慰めではなかったのだ。作家が、ひとりの編集者、それも担当でもない一編集者の喪失に寄り添い、こんな短期間に長編を書き上げてくれたのだ。なぜここまでしてくれたのか、その謎はこの小説を読んで、私なりに少しだけ解けた気がした。

誰かをどうしようもなく愛したことがある者。大事な存在を喪失したことのある者。そして、子供を持たない者。この三つのどれかに当てはまる人間なら、この小説の顕す人生観とその哲学的メッセージに共鳴しないはずがない。

私と白川はいわゆる事実婚で、子供はいなかった。できなかった、というよりは「意志を持って作ろうとしなかった」というほうが、私の場合は当たっている。

この小説の中に、「子供」という存在を以て、世界を二分割する記述が出て来る。

この世界は、子供のいる世界と子供のいない世界の二つに分かれていると私はずっと思ってきた。人間は大人になると「子供のいない世界」に身を置くようになるが、その大半が親となって、再び「子供のいる世界」へと舞い戻っていく。（九九ページ）

白川はバツイチで、かつては「子供のいる世界」に舞い戻ったひとりだ。でも、私と一緒になって、また「子供のいない世界」に身を置いた。

物語の中で、主人公・芹澤存実と策略の上で関係を持ち、結果、芹澤を大手食品メーカーの役員の座から退かせることにもなる元部下で人妻の鴫原珠美という存在も、私と同じ子供を持たない女。その理由に言及して珠美の母親と芹澤が会話するシーンがある。

「女が子供を産むというのは生半可なことじゃないんですよ。否応なく母親にならないといけないですからね。珠美は、そういう大変なものを背負い込むのが億劫なんでしょうね」
「じゃあ、お母様もそんなふうに思っていたんですか」
「まさか。我が子ほど愛しい存在はいませんし、女だからこそ深く味わえる愛情というものがありますから。ただ、珠美のように、子供という重い荷物を一生持たずに暮らしていくのも悪くないという気はしますね」（一二一ページ）
　ドキリとした。多くの親が、子供により無常の喜びと幸せを感じていると同時に、その真逆で、我が子の存在により、すべてを奪われ、苦しみ、最後にはお互いに殺し合うような形で人生を終える親もいる。私は「産まなかった後悔より産んでしまった後悔のほうが怖い」と、子供のいる世界に入ることを拒んだのだ。

それは、大人だけの世界で生きていこうと決めたことになる。いずれそれは「老人だけの世界」にもつながるわけだが、覚悟はしていた。十九歳上の「トウチャン」は亡くなったときに六十九歳。私たちはあまりに相手のことが大事すぎて、その喪失を互いに想像しただけで身を切られる思いがしたので、「死ぬときは一緒に逝こう」と誓い合っていた。「でも、おまえはわしよりずいぶん若いから、わしはなんとか九十までがんばるよ。それでもまったく同時ってのは難しいから、わしがちょっとだけ早く逝って先に宇宙に昇っておまえが来るのを待っててやる。おまえはピカピカ光っている星を目指してあとから来い。一番輝いている星がわしだから、迷うなよ」。六十歳をすぎたあたりから、めっきり死の話が多くなったトウチャンは、人が聞いたら笑うようなロマンチックな話を酒を酌み交わしながら目に涙を浮かべて口にした。

ギャンブル狂で出版社に前借を続け、競輪と麻雀と猫を愛でる以外は、ただ文章をつむぐことしかしらないこの不器用な、心優しきろくでなしが、私はなぜか愛おしくて大好きだった。トウチャンがいない世界で自分が存在し続けるなど、想像もできなかった。だから、あの日、二〇一五年四月十六日の朝、トウチャンの咳で目が覚めて寝室からリビングに降りて行くと、お気に入りのソファの下に崩れ落ちて、「信じられない」という風に目を見開いてこと切れていた彼を見た時に、周囲からすべての音が消え、世界から色が消えてしまった。

トウチャンは私のすべてだったのだ。子供もいない、お金もない、でも、トウチャンさえいてくれたら、幸せしか感じなかったのに……。自分の魂が半分、一緒に天に召されていくのを感じた。

芹澤が親友の奥野（おくの）の死を知らされるシーンでこんな描写がある。

ここは奥野がいなくなって五時間後の世界か、と思う。

奥野の誕生日は私の誕生日より三ヵ月ほど早かったから、私は生まれてこのかたずっと「奥野と私が存在する世界」で暮らしてきた。それが五時間前に「奥野が死に、私だけが存在する世界」に変化した。その事実を五時間後のいま、吉村（よしむら）からの電話で知らされたというわけだった。

別に知らせてくれなくともよかったのに、と思った。

奥野が死んだことなど別に知りたくなかったし、知らなければ、私はこれからも「奥野と私が存在する世界」にずっと居続けることができたのだ。

人の死は誰にも知らせなくていいと私は思っている。葬儀のたぐいもごくごく内輪で済ませればいいのではないか。（一六五～一六六ページ）

私の生まれた年にトウチャンは大学に入学している。だから、私はずっと「白川と私が存在する世界」で暮らしてきた。それが、トウチャンが死んだ瞬間から「白川が死に、私だけが存在する世界」に変わった。

彼は生前から「わしが死んでも誰にも連絡するな。子どもたちにもきょうだいにも知らせるな。おまえだけでわしを故郷の海に撒（ま）いてくれ」と言っていた。でも、さすがに知らせないわけにはいかず、あとは数人の親しい人間に火葬場に立ち会ってもらった。そして、骨は、手元に半年置いたあと、彼が嫌がっていた古希の誕生日の二日前に、数年前に旅立った愛猫（あいびょう）トニオのお骨と一緒に故郷の湘南（しょうなん）の海に還（かえ）した。

仕事と三匹の猫以外は何も残らなかった私には、生きていくための理由と人生哲学が必要だった。
主人公の父は哲学者で、キェルケゴールやヤスパースを崇拝していた。主人公の名は「存実（ありのり）」で、二つ下の三歳で死んだ妹の名は「在実（あるみ）」という。

実存と実在。実存は生き残り、実在は死んだ。（七ページ）

哲学的至言はこの小説のいたるところにちりばめられ、時にはヤスパースの言葉も引用される。

「人間は単に生物学的な遺伝によって生きているのではなくて、伝統によって生きているのです」（ヤスパース『哲学入門』草薙正夫訳）（二二六ページ）

またあるときには、事故で九死に一生を得た友人里中が、その体験を芹澤に話しながらこんな風に言う。

「結局、人間は、自分が死ぬのかどうか判断がつかないまま本当に死んじまうんだよ」（二七六ページ）

この作品を読みながら、私は幾度となくメモをとり、言葉をむさぼった。いまは言葉を、哲学を、からだに取り入れていくことでしか生きられない、と悟った。

＊

私が白石さんから原稿をいただき、一読したあとに書き送ったメールがある。大変恥ずかしいのだが、その内容は、あのとき、、、「白川がいなくなって八十日後の世界」をたゆたっていた自分にしか書けなかったはずなので、長くなるが、引用したい。

白石一文さま
昨日は失礼いたしました。混乱していて、ちゃんと感謝の気持ちを伝えられたのかと不安です。

まず、この小説と私の共通点がいくつもあり、読み終わるのがもったいない気分でいっぱいでした。非常に深く、生と死に直面させられた作品で……。こんなに個人的な読み方をして深く細部まで入り込んで読んだ体験はなかなかありません。

しかも、全編を通じて不思議な符合がちりばめられていて、そのたびに私は「いま書いている小説は中瀬さんのためだよ」と言ってくれた白石さんの言葉が、単なる優しさだけではなく、もっと不思議な宇宙の法則みたいなものでつながって、白石さんが私の精神にのりうつって書いてくれたのではないかとすら思ってしまいました。

実際、どの登場人物のセリフも、いまの傷ついている自分の心に、怖いくらい沁みます。たとえば、銀座のクラブで働く香代子が芹澤になにか思い出の曲がないか、と問うたあと「そんなふうに心が参ってしまったときは自分自身に治してもらうのが一番なのよ。というか、自分の心は自分にしか治せないの。（中略）だから、過去の自分に会いに行って、その人に治してもらうしかないのよ」と言う。このセリフで私は今朝から、私が一番心身ともに元気だったときいつも聞いていた映画『ニュー・シネマ・パラダイス』のサントラを聞きはじめました。

そして、芹澤の親友・奥野の死。「ここは奥野がいなくなって五時間後の世界」、まさに、私は白川の遺体を前に同じことを考えていました。トウチャンが私の世界からいなくなって何時間後、とか私をひとりにしてもう丸一日、とか……白石さんにはどうしてそんなことがわかるのでしょうか。そのあとの「もしも、彼の死を知らなかったらどうなるんだろう」という思い。私はいまも、白川は死んでいなくて、長い旅に出ていて、いつか再会できるかも、いやもう会えないのかも、でもただそれは「いなくなった」「突然の不在」、というだけだったらどれだけ救われただろうかとページを閉じて考えてしまいました。

白石さん。死に顔って、ずっと残るんですね。何をしていても、彼の最後の顔がフラッシュバックする。焼き付いているのです。もちろん穏やかだったけれど、目を見開いていて、ちょっと驚いた表情で。もうなにもその瞳（ひとみ）には映ってなかったから、彼の魂がそこにいなくなったことは素人（しろうと）の私にもすぐわかったのですが。

「奥野の死から逃れるにはどちらが有効なのか」を考えるシーンも、まったく同じでした。私もこの逡巡の繰り返しをいまだにしています。不在や喪失を味わうのは、案外大勢でいるときだったりするんですね。たとえば、先日は文学賞の授賞式の司会をしている時に突然、その死がのしかかってきたりして混乱してきて、小さな心のパニックをおこしてしまいました。

そして、子供のいない私にも、芹澤がヤスパースを読んで考えたり、病院で赤ん坊に目を奪われ、みつめあい、赤ん坊と自分が同じ世界にいるという感覚をついぞもてなかったシーンは、まさに先週日曜日に私が足を怪我して訪れた広尾の日赤の救急で赤ん坊とみつめあったシーンそのもので、あまりのシンクロに鳥肌が立ちました。ここまでくると、もはや、白石さんの憑依的な感覚が怖いくらいです。

そのほかにも友人・里中の「人間は、自分が死ぬのかどうか判断がつかないまま本当に死んじまうんだよ」に立ち止まり、そしてラスト間際の「私はこれまで、誰にも依存しない人間になるのを目標に生きてきた」からはじまる一節。「のべつまくなし特定の人物の手助けをしていれば、結果的にその相手に依存することにつながる」というのはもしかすると私と白川がそうだったような気がするのです。お金からはじまり、なにもかも彼を助けることが私の人生のすべてでした。だから彼に完全に依存していたのは私の方なんですね。

私はあの白川と18年ともに生きてきて相当鍛えられたはずなのに、ちっとも強くはなれず、いまもこんなに弱いです。

でも、白石さん。私はひとつだけうれしいことがあります。それはもう、彼を2回亡くすことがないからなんです。もう二度とあの喪失感を味わわなくて済むというのが今後の私の救いなんですよ。そんな感覚、おかしいですかね……。

白石さんの小説には、いつも、ひとを気づかせ、救う力が、光が、あります。この作品は、私にとって特別な物語です。過去の「なにか」を呼び起こし、そして未来の「なにか」を確信させてくれました。とりあえず、ひとりで生きなければならなくなった私に、今、こんなに力強い言葉が添えられ、生と繋ぎ止めてくれたことに感謝しています。

この小説をたくさんの人、とくに大切な人の死や喪失にかかわったすべての人に読んでもらいたいです。

中瀬ゆかり

＊

最後に。よるべなき私がトウチャンの星を追うことなく、こうしてまがりなりにも元気でいられるのは、あの日、白石さんからこの物語を、この言葉の数々を贈られたから、と言ってもけして過言ではありません。改めて、本当にありがとうございました。

（二〇一九年六月、編集者）

本書は、株式会社新潮社のご厚意により、
新潮文庫『ここは私たちのいない場所』を
底本といたしました。

ここは私たちのいない場所

（大活字本シリーズ）

2023年5月20日発行（限定部数700部）

底　本　新潮文庫『ここは私たちのいない場所』

定　価　（本体3,100円＋税）

著　者　白石　一文

発行者　並木　則康

発行所　社会福祉法人 埼玉福祉会

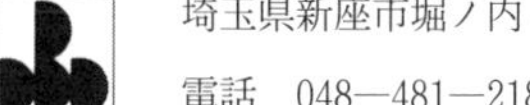

埼玉県新座市堀ノ内3—7—31　〒352—0023

電話　048—481—2181

振替　00160—3—24404

印刷製本所　社会福祉法人　埼玉福祉会 印刷事業部

ISBN 978-4-86596-574-2

大活字本シリーズ発刊の趣意

現在，全国で65才以上の高齢者は1,240万人にも及び，我が国も先進諸国なみに高齢化社会になってまいりました。これらの人々は，多かれ少なかれ視力が衰えてきております。また一方，視力障害者のうちの約半数は弱視障害者で，18万人を数えますが，全盲と弱視の割合は，医学の進歩によって弱視者が増える傾向にあると言われております。

私どもの社会生活は，職業上も，文化生活上も，活字を除外しては考えられません。拡大鏡や拡大テレビなどを使用しても，眼の疲労は早く，活字が大きいことが一番望まれています。しかしながら，大きな活字で組みますと，ページ数が増大し，かつ販売部数がそれほどまとまらないので，いきおいコスト高となってしまうために，どこの出版社でも発行に踏み切れないのが実態であります。

埼玉福祉会は，老人や弱視者に少しでも読み易い大活字本を提供することを念願とし，身体障害者の働く工場を母胎として，製作し発行することに踏み切りました。

何卒，強力なご支援をいただき，図書館・盲学校・弱視学級のある学校・福祉センター・老人ホーム・病院等々に広く普及し，多くの人人に利用されることを切望してやみません。